九歌少兒書房

行政院文化建設委員會 指導

第14屆現代少兒文學獎得獎作品

評審委員推薦

林武憲：

《走了一個小偷之後》這是以第一人稱講述一個抓小偷的故事，故事的主角成了受表揚的的小英雄，從小偷走了以後，引起的風波、效應，一件接一件，充滿戲劇性，節奏進行快速。出場人物頗多，人物的動作、對話、性格、特徵描寫很傳神、很生動，尤其是「阿嬤」這個角色，刻畫得很成功。情節融入了誤會、守望相助，網路散布、里長選舉的問題，很有啓發性，不只是好看而已。

呂紹澄：

阿嬤家遭小偷，所引發一連串的問題，有阿嬤執著的一面，也有溫馨的社區情懷，人物的刻畫活靈活現，非常成功，令人愛不釋手。

讓這個世界更美好－自序

出一道題目，讓大家想想。

在遇到小偷光顧後你會有什麼感受？

而在小偷走了之後，又會有什麼後續發展？

有人會說，我沒有遇過小偷，我怎麼會知道？

的確，沒有遇上小偷到府一遊的人，是很難去體會這箇中滋味，因為那種住家被侵入的恐懼，是筆墨難以形容的。更教人難以置信的是在事後還發現所有鄰居都知道這家被偷了，只有這家人還渾然未覺時，那還真是嘔。

沒錯，看到這裡，大家就知道了，會寫這麼個〈走了一個小偷之後〉的故事，當然就一定和這故事有關，而這苦主，自然就是我家了。

四年前，來了二個黑衣小偷之後，許多事情也跟著改變，大到里長選舉，小到對敦親睦鄰的感覺，這一切都讓我對人、對事有了另一番深刻的感受。

當年的小偷事件，最精彩的不在於被偷的當下，而是在於闖空門後所引發的一些效應，這連鎖效應，衍生了許多問題，也改變了許多事，讓原本單純的小偷事件，成了街頭巷尾談論的關鍵事，這也是當時被偷的家人始料未及的。

而四年後的現在，藉由這個真實的事件，再加上虛構的人物，寫成了這個故事，讓大朋友看，也讓小朋友讀。主要還是想讓大家想一想，你若在這故事當中，是想成為冷靜勇敢的超級阿嬤？還是想當那個已先預設了立場去懷疑別人，等到真相大白後，再勇於道歉的大慶呢？或者，你也如同當中的鄰居一樣，成為靜默的旁觀者？

雖然只是個故事，但故事也是生活的一部份，藉由故事，看看你的周遭，是不是也有同樣的情形呢？

期待我們都能有顆冷靜的頭腦，熱情的心，讓這個世界更美好。

二〇〇六年九月三十日

Contents
目錄

1. 小偷來了

經過了二個小時的折騰，我終於等到了為什麼家裡到現在還是空無一人的原因。

還好有老媽的一通電話，要不然我還真以為我才上完了課，家裡所有的人就在一夕之間消失了。

或許是我科幻小說看多了，老想著有一天會遇到奇特的事件，但當真有這麼一天時，還真是令人不知所措。任何可以想像得到的情形，都如影片般不自主的飛入腦海中。

我首先想到的是全家人被外星人綁架了？

不過這個可能性很低，我知道我們家應該沒有這樣的運氣被外星人選上。

還是我走入另一個時空？

這原是我第二個想法，但我在巷頭與巷尾間來回走五遍後，我確定這個時空還是原有的時空。對面阿婆家的連續劇還在播著；隔壁家在看的球賽也是我熟悉的；而那巷尾老伯看的政論節目，聲音大到我在門外也聽的一清二楚。所以，我還在我所屬的時空裡，沒走錯路。

那，為什麼會沒有人在家？

我打電話給就近的阿嬤，電話一直不通，唯一能想到的是……一個凶案？

這不是不可能，很多凶案都發生的很離奇。

記得幾年前，中部發生過一件案子，那個案子就是全家都失蹤不

見，唯一留下的就是男主人的遺書，內容說到對社會的不滿，並揚言要帶全家一起走。那案子鬧的蠻大的，最後警察人員判定男主人在殺了全家後，將家人的屍體燒成灰，再灑入大海。

想起那駭人的案件，頓時讓我陷入報警與不報警的掙扎間。

家裡看不出有任何打鬥過的痕跡，家具也沒有任何凌亂。老爸最近雖忙，但精神狀況也沒什麼不對，還是一樣緊盯著我的功課；老媽平日本來就很閒，每天都有說有笑的，看不出來有任何異樣；至於老姊，雖然脾氣怪了點，近來總愛躲在房裡叫也不出來，但我知道她是戀愛了，偷偷躲起來講電話，上網寫情書。

所以，家裡看不出來集體失蹤的理由，除非……外力入侵。

想到此，我的腦袋又像打結的線團一樣，亂的很。

我終於能體會什麼叫做無頭蒼蠅亂亂飛的感覺了。

那真是找不到任何頭緒，也不知道要怎麼辦才好的感覺。

二個小時後，總算有人記起我在家了。

當電話那頭傳來老媽的聲音時，心中的大石頭總算落了地。至少我還能確定，老媽還在。

老媽在電話接通的第一時間裡，就以急促的聲調要我火速趕到阿嬤家。

我來不及細問原因，但聽她急切帶喘噓的氣音，我也感覺到事有蹊蹺，於是跨上我那部鐵馬，朝阿嬤家飛奔而去。

阿嬤家並不遠，穿過三條巷子就到了。平時，不到五分鐘就能走到，今晚，我一分半鐘之內就趕到。

阿嬤家還是和原來一樣，外觀看去沒少了塊磚或破了塊瓦，唯一奇

特的是——阿嬤家整棟房子燈火通明，而且門外聚集了不少人！

這真是個奇怪的現象，憑我第一時間的直覺：以現在的時間，阿公節約能源的個性以及阿嬤家這地點，怎麼會突然有這一些人出現？而且這些人的面孔看起來並不熟悉。

那些不熟悉的人，有的在講電話，有的在討論，像是為了某一件事情在想辦法。

這若在平常，我頂多看一眼就過了，但今天，卻是在自己的阿嬤家門口，這事情可就很不單純了。

我趕緊放下鐵馬，衝進去看是怎麼一回事。

阿嬤家的客廳裡，還有幾位不認識的人，那些人正在和老爸老媽講話，沙發上的阿嬤則是一臉驚慌，眼眶泛紅的由老姊陪著。

「阿公呢？」我掃過了整個客廳。發現還少了個阿公。

「在樓頂。」老姊說。

「在樓頂？幹嘛？」我很自然的反應。因為現在這時間，都已是要睡覺的時候了，幹嘛還摸黑上頂樓？

「你自己上去看就知道了。」老姊丟了這句話過來。

看來老姊的心情好像也不好。她一臉嚴肅，不像平常的樣子。

我沒有多問，趕緊衝上樓去，心裡雖然亂七八糟，但是卻不敢多想。

我一口氣衝上樓頂，一路跑上去很匆忙，但在眼角餘光下總是覺得哪裡不太對勁。

直到上了樓頂，見著了阿公，才知剛才心裡想的不對勁在哪裡了。

先說在樓頂見到的景象：阿公家的樓頂，原是約一坪半大的空間，裡頭放了一台古老的裁縫機，壞了的卡拉ＯＫ伴唱機，還堆了一些用不

到的物品，基本上這裡算是儲藏室。當初在加蓋時，為了要保持良好的光線，還特別在這裡開了二扇窗。

而現在這二扇窗，一扇是完好的，一扇卻破了個大洞，滿地的玻璃碎片。更誇張的是窗子外的鐵窗，竟然被剪開扳成一個小洞。

「家裡遭小偷了。」阿公看到我進去後，停止了和另一位不熟悉的人的對話，轉身過來跟我說。

阿公還指著那破窗說著：「小偷應該是從這裡進來的。」

那位站在阿公旁邊的人也附和：「我們都檢查過了，小偷應該是從這裡進來的。」

雖然時至五月，但風還帶有點涼意，從破了的窗口吹進來，令人不自主的打了一陣哆嗦。

我這時才知道，剛才一路跑上來時那不對勁的感覺是什麼了，原來經過二樓、三樓時，那開著燈的房間裡，我餘光見到的是一堆被翻亂以及散落一地的東西。

二、三樓的房間，沒有一處是倖免的。

三樓原是小舅的房間，他住的時候就有點亂，在小舅到台北工作後，阿嬤把房間都收的蠻乾淨的。而現在，在被小偷光顧後，整個房間就像是大戰過後，所有抽屜都被拖出來，裡頭的東西散了一地，衣櫃裡的衣服也難逃一劫，全都被翻倒出來，尤其是小舅最喜愛的ＣＤ、唱片收藏櫃，也全被翻倒在地。我在想，如果小舅看到了這個場景，包準他一定會昏倒的。

果然，老媽只在電話裡跟小舅描述這裡的場景，小舅那頭就已哀嚎連連了。

而阿姨和老媽的房間也一樣，被翻的很徹底，小偷幾乎不放過每一吋地方，每一個角落。阿公、阿嬤的房間更為慘烈，電風扇被丟在床上，椅子被踢到門邊，連床頭櫃裡收放的舊衣都被翻出，當然也捲走了阿公、阿嬤多年來珍藏的金飾。

「那都是我結婚的金子耶。」阿嬤一把鼻涕一把眼淚的說著。還大罵小偷夭壽，連老人家的紀念東西都偷。

老媽上前安慰：「還好人沒事，東西丟了就算了。」

「你們都不知道，我看到這種情況的時候，心裡有多怕，家裡除了你爸和我之外，都沒有人在，我們嚇都嚇死了。」阿嬤一說完，淚如雨下。

老爸也趕忙安撫阿嬤。「沒事，沒事了！」

雖說小偷走了，但想到那房間被翻成那樣，我還是不由的脫口而出：「一想到房間裡有小偷來過，就怪恐怖的。」

我這話一出，馬上接到老媽一個白眼。

老姊也偷偷的跟在背後搥我一拳，更低聲的在我耳邊說：「你白痴啊！爸才安慰阿嬤說沒事，你又來加油添火。」

「我說的是實話啊。」我反駁她。「妳剛才不是也覺得噁心。」

別說是阿嬤看了會害怕，就連我是個男的，也覺得房子裡來了個陌生人光顧，想到就渾身不自在。而且說不定小偷還在房子裡到處走走看看，誰知道小偷動過了什麼東西。老姊自己也直說：「想到就覺得很噁心。」

「可是也不要在阿嬤面前說出來啊！」老姊又偷捏我一把。

我本來也要回她一記拳頭的，老媽立刻送來嚴厲的眼神警告我們，害我這拳頭只出了一半就硬生生收回。

「真是夭壽囝仔，如果知道是誰偷的，我一定把他的手給打斷。」

阿嬤在擤了一把鼻涕後，話鋒一轉，比了個很氣的手勢。

我看阿嬤真的是氣極了，她忘了自己已經一把年紀，如果真的遇到了小偷，肯定是沒辦法把人家的手給打斷的。

「那報警了沒？」我問。

遇到這樣一件大事，我只顧著觀看小偷來去後的傑作，全然忘了問報警了沒？

何況現場來來去去有人進出，萬一沒有保留現場，那警方怎麼搜證。

「廢話，現在幾點了。」老姊沒好氣的回答我。

我想我跟老姊上輩子一定是死對頭，不然我怎麼老覺得跟她不合。

「現在只不過是要睡覺而已。」我向他做了個鬼臉回過去。

「你們二個！」老媽又射出第三道銳利的眼光，這回的眼神已經到了要宰掉我們的地步。她一字一字的慢慢警告我們：「現在是什麼情況，最好給我安分一點。」

我們只好閉嘴。

眾人之中有位叔叔回答了我之前的問題，他說：「警察已經來過了。」

「結果呢？」我很自然的反問。

話才說出，我知道自己的嘴巴太快了。

因為所有人的眼光都投向我，好像要想辦法把我的嘴堵住一樣。但顯然是來不及了。

我馬上聽到阿嬤帶著還有點哽咽的聲音，氣呼呼地操著台語回道：

「不要跟我提警察！」

頓時整個空氣像是凝凍住了，尷尬萬分。

雖然我知道不該再多問，但還是忍不住張嘴：「警察怎麼了？」當下，免不了又多挨了幾個白眼。但我就是想知道究竟發生了什麼事？為什麼在繼小偷之後，又跟警察有關。

只不過，這回沒有人再理我，他們大人們繼續忙他們未忙完的事，討論並清點一下阿嬤掉的東西。我只好無趣的在一旁坐著。

我有許多疑問。但完全沒有人可以詢問。這讓我腦袋發癢，嘴也發癢，好希望能求個答案。

「不只警察，還有很多人！」這回老姊不知發了什麼善心，在我耳邊嘀咕了這一句。

這更讓我一頭霧水。

「明天肯定有好戲可看。」老姊又多加了一句。

我狐疑的望著那一副好像什麼都知道的老姊。

明天，明天會有什麼好戲可看呢？

被小偷光顧了還不算好戲，那還有什麼大戲算是好戲？

老姊翹起那尖尖的下巴，露出得意的眼神，擺明了是要賣關子不讓我知道。

我也不打算求她告訴我，因為這鐵定不是我的個性。我有眼睛、有耳朵、有頭腦，自己會找答案。

大不了等到明天，那時我不就知道了嗎？

當晚，我便奉老爸和老媽之命留下來陪阿公、阿嬤他們。

夜裡，我想了好一會，想著想著眼皮開始沉重。雖然我知道今晚得拉長著耳朵仔細的聽聽屋內屋外有何風吹草動。但，那小偷早上才來過，應該不會那麼衰又遇上了吧。

於是我決定還是先跟周公下盤棋吧。

2. 後續風波

一早，我什麼都來不及準備，就得匆匆忙忙趕著上課。

昨天晚上想的太美好了，以為到了第二天所有真相都會知道，但我卻忘了一個現實的問題，那就是我還得去上學，而且還是一早就要趕到學校去，完全來不及準備昨晚設想好的一切道具工作。

本來想早上起來先好好的把昨天發生的現場仔細的再巡一遍，看看有什麼蛛絲馬跡，順道再加強一些防範裝置，以防止小偷二次光顧。可是這一切，在鬧鐘響起的那一刻，我才記起，自己還得上學，這些東西根本來不及準備。

為此，我只好一邊咬著三明治，一邊穿上衣服，然後再衝上二、三樓，快速巡一巡，確定一切該鎖的都鎖了之後，才衝去搭車。

還好，六點半的公車還沒來，一群等車的熟面孔都還在。包括小野。

「你幹嘛跑那麼急？」小野走了過來。

「我怕趕不上！」

「有人追殺你嗎？」他總是不忘揶揄我一下。「邊穿衣服邊吃早餐，你在破壞學校形象耶。」

「不好笑好不好？」我沒好氣的回道，並趕緊把衣服給弄好。

「喂，昨天討論的事，你有沒有想好要怎麼做？」小野拍拍我的肩膀問。

「什麼事？」嘴裡咬的三明治差點掉了出來，還好反應夠快，一把

抓著，不然連早餐都沒了。

「什麼事！喂，同學，周芷若要我們做的研究報告啊？」小野不可思議的望著我。

看到他的大臉，我終於想起來了。對，周芷若要我們找的資料！

「你竟然會把周芷若的事忘的一乾二淨，真是太陽打西邊出來了。」

小野誇張的哇哇大叫，動作引來其他等車的人側目。我真恨不得把他的大嘴給摀住。

「周芷若的事耶！」小野還特別強調。他並拍著我的肩說：「張無忌先生。」

「你別再說了！」我祭出警告的拳頭。我可不想在站牌前出糗。

的確，周芷若的事我絕對都擺在第一。

她可不是活在古代的人，而是我們美麗的國文老師，她真的叫芷若，只不過她是姓李，不是姓周。所以當她第一次出現在我們的課堂上時，大家就把她當成金庸筆下《倚天屠龍記》裡的周芷若了。

恰好周芷若又是金庸筆下我最喜歡的女主角，所以美麗的國文老師要我們做什麼，我都是跑第一。這是眾所周知的事。

只不過這次她要我們找的資料，我卻因為昨晚的小偷事件忘的一乾二淨。頓時讓我對周芷若感到很抱歉。

「大慶同學，你怎麼忘了呢？你這樣讓老師很傷心喔！」

芷若老師就是這麼厲害，她從不生氣，美麗的臉上總是帶著淺淺笑容，說的話更是柔韻動聽，當中卻有叫人不得不認錯的威力存在。

「對不起，因為我阿嬤家昨天遭小偷。」為求不讓美人傷心難過，我只好從實招來。

「你阿嬤家遭小偷？」

看的出來芷若老師很驚訝。

「是啊，我昨天晚上還留下來保護他們二個老人家。」我故意把自己說的很勇敢。

芷若老師很讚許的點頭：「那老人家還好吧，有沒有受到驚嚇？」

看到老師讚美的雙眸，我備感光榮：「還好，只有我阿嬤比較激動。」我說。

「那你要多陪陪他們，老人家需要家人多多關心。你今天的資料沒查本來就要罰，但念在你要處理阿嬤家的事我就先不計較，下次記得補齊就好。」

芷若老師果然是個好人。雖然我昨天沒有幫上什麼忙，但也的確累了一個晚上。所以非常感謝老師的體諒，我想我以後會更喜歡她的，也一定會要好好聽她上課。

不過，今天可能會是個例外，因為今天上課實在是集中不了精神，我整個腦子都在想著：是哪個小偷這麼大膽，敢在光天化日下偷東西。聽說還是昨天早上近中午時分，趁著阿嬤去買菜，阿公去下棋時進去的。

我想來就覺得那偷兒太囂張了，有可能百分之七十是我們社區裡的人。

但因為詳細情形我還沒弄清楚，所以在下了課後，我索性連補習班也不去了，馬上奔回阿嬤家。

這小偷實在是勾起了我的好奇心。

平常看多了科幻小說和推理小說，好不容易真的遇上了懸案，豈有輕易放過的道理。

不過，回到阿嬤家後，卻看到和昨天一樣的場景，也是一些人站在門口，而且今天聚集的人更多，有一半是阿嬤的鄰居，我都認識，另一半是不太熟悉的人，但可以肯定的是，那些人不是昨晚那一批人。

「你們自己說，這樣對嗎？說什麼為民服務，光說我們被偷，就沒有人要理我們了啦，我們二個老人在家，小孩都不在身邊，被偷了之後都害怕死了，什麼都不懂，不找里長要找誰，你們說啊……」

一走近，就聽到阿嬤連珠砲似的成串話語，而且還沒有任何的停頓。

阿嬤本來就很厲害，長久以來我都覺得阿嬤是個厲害的角色，老媽和她真是像極了，腦袋生來都像是電腦般，好像什麼東西都可以輸入進去，而且只要一進入她們的腦袋裡，包準幾十年都不會被洗掉。

像老爸當年戀愛時所說的話，老媽都能倒背如流，就連結巴了幾次，臉紅了幾次，都逃不過她的記憶。而阿公就更慘了，幾十年前去提親的舊事，阿嬤到現在可都是一條一條的記著，說什麼當年阿公先看上了別人，後來沒錢娶人家，才選上阿嬤的，這些阿嬤都記的一清二楚，更別說阿公還說錯了什麼話，少說了什麼，說過了什麼，這一切都不會逃過阿嬤的記憶中樞。

她們母女倆都算是狠角色，生來專門修理我們的。

「所以，千萬不要做壞事，不然會被老媽唸一輩子。」

這句話是老姊多年來的心得。我絕對舉雙手贊成。

「你們說啊，說啊，這對嗎？」阿嬤又說了一長串，句句鏗鏘有力。

我擠身人群之中，看著阿嬤挺著胖胖的身軀，擺動著豐富的肢體動作，把所有的鄰居都招引過來。

我真的不得不佩服阿嬤。

她的確有這樣號召群眾的魅力，我曾建議她去選個里長什麼的，像她這樣能把所有人都說的頻頻點頭的本事，是應該出來選里長，包準她一定能選上。

當時阿嬤的回答也很妙，她說：「我才不要呢，我吃飽清閒清閒，幹嘛要讓人家叫來叫去。里長代表他們都不是人做的，可都是要做牛做馬來服務民眾的。」

我很贊同阿嬤的言論，不過她可能都把所有的里長代表想的太美好了，這世上哪有人生來就願意做牛做馬服務別人的。連神仙也不願意做吧。

我努力的擠到門口，拉起的鐵門內，阿嬤仍不停的表達自己的不滿。

我還在想，究竟是何方神聖到來，能讓阿嬤如此氣憤。

探頭一看，才知來者正是這社區的里長先生。

這里長我認得，四年前阿嬤還幫他助選拉過票，還幫他遊行造勢，當時的我也被拉去充人數呢。

只是我不明白，為何阿嬤和里長有不同的意見，而且，阿嬤看起來似乎站在有理之處。

因為從門外，就可聽到阿嬤質問著里長：「你究竟有沒有做到服務百姓的責任。」

只見那里長一臉陪笑的直說：「誤會，都是誤會啦。」

「我還『六會』了，誤會！」阿嬤氣呼呼的回道。

看來這回阿嬤的氣不小，看那里長若沒有充足的理由，肯定要倒大楣了。

果然，阿嬤不久就直接要里長站往門庭處。她也跟著站在旁邊。阿嬤的樣子像是直接要將事件訴諸於所有在場的鄰居。

「你們大家來評評理啦，昨天遭小偷時，我們二個老人嚇到皮皮挫，第一個想到的人就是里長，因為我們什麼都不懂，只能想到找里長問問看要怎麼辦，結果呢？」

阿嬤指著里長：「你說遭小偷要找警察，找你沒有用。那我們選你幹嘛。」

我看那里長本想解釋什麼，但馬上被阿嬤給擋下，阿嬤全然不讓他有說話的機會。

阿嬤繼續說：「我們就是不懂才要找人幫忙，二個老人家什麼都不知道，小孩子又不在身邊，能想到的人就只有里長，不找你要找誰？又不是每個人都有被偷的經驗，都知道要怎麼報警，我又不是要你來抓小

偷，只是要你幫個忙看要怎麼辦而已，結果你要我們自己報警，也都沒來關心。」

「誤會啦，那時我在找人啦。」里長辯解。「有個老人很晚沒回家，我到處在找他啦。」

「找人？」阿嬤嚴厲的反問。「找個人要找幾個鐘頭嗎？找個人就連通電話都不會打來問一下情況嗎？人找到了也不會來關心一下我們老人家有沒有怎樣？難不成要死人你們才管啊？」

里長看來是被堵的沒話說，原本嘻笑的臉馬上轉趨凝重。

「昨天晚上，一直到半夜十二點，所有候選人都來關心，就唯獨缺我們的大里長啦。我們老百姓嚇都嚇死了，里長來關心一下都沒有，這會是我們的里長嗎？」

原來昨天來的一些人，有的是年底要選里長的候選人，他們真的陪我們到很晚。

「還有，那個警察……」阿嬤說到了警察。

這下我可要仔細的聽聽。因為昨晚阿嬤也有提到警察。

「來一下就走，我都不知道他在看什麼，是在看小偷走了沒有嗎？什麼都沒做，當我們什麼都不知道嗎？」阿嬤很不平的說著。

「誤會，誤會。」里長還是這句。

「我馬上聯絡警察局。」

說著，里長就真的拿起手機打了電話。

一會，應該是接通了，只見這頭里長對著手機說：「都簽了嗎，都有處理了？好，我知道……」

「簽，簽什麼？拿日曆紙簽的嗎？我們什麼也沒簽，竟然敢說我們簽了，是哪個人簽的？我要告他偽造文書。」

真沒想到阿嬤這麼強勢，阿嬤沒讀過什麼書，但連偽造文書她都說的出來。我對阿嬤更加的佩服了。

而阿嬤這番話，也讓里長的臉鐵青。直對電話那頭說著：「人家已經誤會了，你們警察局要快點處理。」

「快點處理有什麼用？現在都已經過了一天，還能處理什麼？」

看來阿嬤真是氣極了。

「您聽我說……」

「說，有什麼好說，我不想聽了啦。」

我看阿嬤一口打斷里長想做的解釋，還直嚷著：「從昨天到現在我血壓都往上衝了，我剛才去看醫生，不要跟你講了，跟你再講下去我一定會暈倒。」

阿嬤手一揚，很明顯的就是下逐客令了。身為孫子的我，聽到阿嬤血壓又高起來了，也趕緊跑進去。

「阿嬤，妳血壓又高囉？」我問。

「一點點啦。罵人血壓當然會升高啊。」阿嬤笑著說。

看到阿嬤露著微笑，我可是好奇了。明明剛才……「那妳說的好像要暈倒一樣？嚇死我啦。」我說。

我真的很怕聽到血壓升高，因為血壓一升高降不下來，就可能導致中風，萬一真的中風了，我肯定不知道該怎麼辦。

「傻孫子，你阿嬤我是有分寸的。」

阿嬤的笑容裡露著一點得意之色，還拍著我的肩頭說：「就算要罵人，我也不會笨到拿自己的身體開玩笑。我還保留著五分力呢。」

我張大著嘴。一時說不出話驚訝的望著阿嬤。

「你幹嘛，中邪喔。」阿嬤拍了我的前額一下。

我不禁拱手抱拳說：「佩服，佩服，薑還是老的辣。」的確，阿嬤只用五分力道罵人，就讓人家還不了口，簡直令我大開眼界，這讓我又對阿嬤的級數要更往上加了。

「只是……」我倒還有些疑問。

「只是什麼？」

「只是小的不明白，究竟里長大人有什麼地方得罪阿嬤大人您了？」我以玩笑的口吻問著，不想把氣氛再搞的那麼沉重。

「你吃錯藥囉，什麼大人小人的？」阿嬤笑了起來。「你可別學你阿公看武俠片，看的走火入魔了。」

「看妳，看妳！」我笑著指著阿嬤：「『走火入魔』，妳自己還不是這樣講。」

「我是跟你阿公學的。」阿嬤笑著拍我指過去的手。

「看武俠片有什麼不好，年輕人本來就可以多接觸點東西嘛，像金庸啊，古龍寫的啊，他們年輕人也愛看哪。」一旁話不多的阿公說。

阿公跟阿嬤就不一樣了。當別人都吵的天翻地覆時，阿公一定如同隱形人一樣，默默的在一旁。

「是喔！是喔，看到不吃飯、不睡覺。」阿嬤回說。

「妳怎麼都知道？」我問。

「我只要一看，就什麼都知道啦。」阿嬤得意的回答。

「喔，什麼都逃不過妳的法眼。」我附和的說著。還雙手合十假裝求饒：「以後還得請大人眼下留情，睜一隻眼閉一隻眼，拜託拜託。」

「你喔，鬼點子特別多。」

阿嬤又拍了我的前額一下。雖然那一下很輕，但我順勢退步連連，假裝那一拍無人能敵一樣。逗得阿嬤呵呵大笑。

看著阿嬤笑的得意，氣應該也消了一大半。難怪老爸說，老人和女人都是要人家哄的。這話挺有道理的。

不過笑歸笑，我還是得問清楚我的疑問。

「阿嬤，我剛才在外面聽妳說里長昨天沒有理你們，那他今天又來，這是怎麼一回事？」

「講到這我就氣。他做里長昨天應該來而沒有來，我們只是想打個電話問他要怎麼報警而已，他竟然說這是警察的事，找他也沒用。我氣起來就直接打給第二號的候選人，人家二分鐘不到就來了，還很好心的幫我們打給警察，要警察趕快來處理，然後一直幫我們處理到晚上，你回來時看到的就是那些人哪。」阿嬤說。

「他們還真好心。」我記得，昨天那些來幫忙的人的確待到很晚。

「不只他們，這中間所有要選里長的人都來看我們，還問我們要不要緊。雖然只是來關心一下，但那種感覺就很好，至少讓我們二個老的不會這麼害怕。哪像我們現在這個里長……」阿嬤氣的頓了一下腳。話也說不下去。

我趕緊拍拍她的背，讓她氣順一下。

「昨天連一通電話也沒來，今天整個早上也沒有，一直到下午才出現，八成是聽到風聲，聽到我早上跟人家說整件事，他才覺得事情很嚴重。」阿嬤抱怨著。

我看那里長可能是神經太大條了，這種事還要等事情傳開來才有所覺悟，現在都什麼時候了，再過二個禮拜就要選里長了，還這麼散漫，不要說遇到強悍的阿嬤，就算一般文弱的里民，都有辦法一傳十，十傳百的傳出去。

更何況阿嬤人緣那麼好，這事一傳出去，幾乎所有里民都知道了。

我想，那里長可能是平日太閒了，不知道事情的輕重。

「他說他在找人，但找個人從昨天五、六點到晚上十二點，人也該找到了吧，今天從早到下午，他又不是在找人，有什麼大事不能來看一下呢，好像這裡不是他的選票一樣，理都不理。想到這我就氣。」阿嬤又頓了一下腳。

我趕忙遞上一杯水。

「虧我上次選舉時還幫他去遊街，想到就氣、氣、氣。」阿嬤一連三個氣字。

我也想到自己去遊街過，想起那時還真丟臉，我一個男生，跟著一群歐巴桑去遊街，看到路人側目的眼光，我真想找個地洞鑽下去。

「還有那個警察啦，弄了半天才來一個，我聽說，如果有人報案，至少要二個警察，昨天才來了一個，而且只是走走看看一下。」

「那警察有沒有要採指紋，我看小偷進來一定會留下指紋的。」我想了一下昨天看到的現場，東西翻成這樣，小偷一定會留下指紋的。

「我們也有說小偷一定留有指紋，但警察卻告訴我們說採指紋很麻煩，會把家裡弄的黑黑的，到時候要洗就很麻煩。」

「所以你們就沒有要他採集指紋喔？」我問。

「對啊。」

哇，想來那警察還真省事。不僅幫他自己省事，也幫我們省事。真是好個人民的褓姆？

「那簽東西是什麼？我聽妳剛才說什麼用日曆簽的？」我進一步問。

「說到這個我就又要氣了，他們說已經簽上去了，我就不爽，什麼簽上去了，我們當事人都還沒有作筆錄，誰去簽了？這不是偽造文書

嗎？」

我豎起大拇指稱讚阿嬤：「對啊，忘了跟妳說了不起，這偽造文書妳怎麼知道啊？」

「偽造文書我怎麼不知道，不要以為你阿嬤沒讀什麼書，我也是會看電視的耶。我就算沒知識也有常識啊！」阿嬤很認真的說著。

我不禁給她鼓鼓掌。

「你不要看老的女人沒有用，我們凶起來是很可怕的。」

阿嬤補充說明，我則連連稱是。

阿嬤的氣勢是絲毫不輸給年輕人。

「那我也來幫妳做點事。」我突然想到了一個方法，想必有用。

「幫我什麼？」

「幫你找人評理啊！」我賣個關子說。

「找人評理？」

「是的，我可以幫你上告縣長，跟縣長說這裡都沒人管，小偷很多。」我得意自己想到這個方法，尤其是現在網路發達，一下子就能寄一封信給縣長。不像以前告個官還要千里迢迢。

可是我才這麼一說，阿嬤馬上就舉雙手反對。她說：「不要啦，幹嘛告訴縣長。」

「有什麼關係，本來就要讓縣長重視這個問題啊！」我回。

「不要啦，不要啦，這樣會害到人家。」阿嬤連連搖頭。

「妳不是很氣？」我可不懂了。

「我是氣啊，但事情不要鬧到那麼大啦。」阿嬤直說不要。

「可是總是要讓他們知道他們錯在哪裡啊？」

「說說就好了，不要寫給縣長，不要啦。」阿嬤再三交待。「你不

要真的給我寫喔，我會生氣喔。」

我只好不提了。

改提另一個我的疑問。

「好吧。不提就不提，不過，我很好奇，小偷是誰？」

「還沒找到。」阿嬤說。

當然找不到囉，我想。連個指紋都沒採樣，會抓得到才叫奇怪。

「不過我覺得是我們這附近的人。」阿嬤一臉的肯定。「後面那條巷子其中一家跟我說，他們在早上十點多的時候，有看到一個穿黑衣的小伙子，從我們後面的防火巷爬到三樓頂。」

「有人看到小偷？」我驚訝的大叫。

「對啊，後面巷子的阿桑說他的媳婦有看到。他的媳婦還偷偷的躲在後面房間看小偷怎麼爬上來。她還通知他們那一條巷子的人小心。」

「還看小偷怎麼爬上來？」我難以置信。「那他們為什麼沒有人去報警？還看小偷爬上來？」

「唉！」阿嬤突然嘆口氣。「今天早上左右鄰居還在說，怎麼昨天到了下午我們家才有動靜？他們都覺得奇怪，應該早發現被偷了啊！但是沒有人想到，我們是快傍晚時，你阿公上去澆花的時候才發現遭小偷的。鄰居還說我們怎麼這麼晚才知道。」

「原來大家早就知道了？」我覺得非常不可思議。「知道了居然沒有人早一點來告訴我們。」

「唉，做人失敗。」阿嬤又嘆了口氣。

「阿嬤，妳有得罪左右鄰居嗎？」我問。

「沒有啊，大家都很好啊！我有什麼東西都會送給大家吃啊！」

「那就不是做人失敗的問題，是做人自私的問題。」我很不高興的說。

「什麼做人自私的問題？」阿嬤問。

「自掃門前雪。沒有人願意去管閒事。」我分析給阿嬤聽。「妳看，明明有人看到，卻不報警，如果怕小偷報復不敢報警也就算了，他們好歹也通知妳一聲吧，結果大家都當做沒看到。」

「對哦，我怎麼沒想到，里長的問題是問題，但大家看到了沒報警，也是一個問題。為什麼是這樣？」阿嬤氣的站起。喃喃的碎念：「平常我對人也不錯，但到頭來有事大家卻都不管。好！既然大家要這樣，那我也這樣，以後我什麼事都不管了。」

「對啊，妳平常幫人家看東看西的，又不是鄰長。現在你們有事，大家知道卻不管，就像剛才你跟里長在說話，大家只在旁邊交頭接耳，也沒有人幫妳，對不對？」我可是有觀察的，阿嬤罵里長時，大家雖然都圍觀著，卻沒有人說句公道話。

「對對對，真氣人。」阿嬤氣鼓鼓的站起來，宣布：「我決定了，以後有什麼事，大家自己顧自己，不要管了。」

阿嬤這下真的動怒了，我也贊成她不要管，反正現在這個社會把自己管好就好了，哪還管別人那麼多呢。

我突然有種感覺，我們家走了一個小偷之後，這條巷子左右鄰居之間的感覺已起了某種化學變化，而這變化從阿嬤開始，慢慢的、慢慢的，一點一點擴散開來。

3. 一個點子

「喂，你在幹嘛！」

當我正專心時，突然背後被人一拍，那種感覺實在是很不舒服，要知道，人嚇人是會嚇死人的，尤其是當一個偉大的人正在從事一件偉大的工程。

那位拍我的人，不用回頭看，光聽聲音就知道是我老姊發出來的。她老愛偷襲別人，尤其是在我最專心的時候，她總會突然冒出來插一腳。

我火大的回嘴：「要妳管，冒失鬼！」

「生氣囉？」

她繞著我的周圍轉著，我知道她正試圖看我在電腦前幹什麼。

但我偏不讓她看，以免她破壞我的計畫。

「走開啦！」我叫著。

「阿嬤有事找你。」

「找我？」

「對啊，阿嬤叫你下去一下。」

我半信半疑的看著老姊。

「要不要去隨你囉，別說我沒告訴你。」

看她說的一本正經，我只好站起來轉身準備下去。

不過，才幾秒，我就覺得不對。馬上轉頭回去，只見老姊那顆大頭，貼在我的電腦螢幕前。

「老許包！」我試圖用手去擋住我的螢幕。

但我知道這是沒用的。

因為看到老姊得意洋洋的臉色，我就知道她已經看完裡頭的內容了。

「來不及了，小子，你老姊我已經看完了。」

「妳！」我指著她那顆大頭。

她倒是無所謂的雙手一攤。「沒辦法，我學過速讀，看一眼就記得了。誰叫你動作太慢。以後記得要一秒內轉回來喔，這樣或許還有一點機會。」

說真的，沒辦法，老姊她有特別功夫，看什麼就記什麼，而且速度超驚人的，每次和她比看漫畫，她從頭翻看到後時，我大概才看三分之一而已。

「算了，看了就看了，也沒有什麼大不了的。」我也雙手一攤，只能裝沒事。雖然心裡還是很嘔，但也沒辦法，技不如人嘛。

我繼續坐下來打字。

「喂，你不下去？」老姊問。

「我轉身後三秒就知道這是個調虎離山之計了，別想騙我了啦。」我沒好氣的說。

「你還不笨嘛。小子！」

老姊邊說，邊將手指伸過來點點我的頭。我又氣了。

「我說過不要動我的智慧頭啦！」我抗議著。

「說你不笨，並不表示你有聰明喔，只是反應快一點而已。但是說到你那顆智慧頭嘛……」老姊哼笑了一下。「就算有顆智慧頭有什

麼用，光做笨的事。」

「什麼笨事妳倒是說說。我哪裡笨啦！」聽她這一說，我可不服啦。

「你寫的東西啊！」她指著我的電腦螢幕。

「妳又知道我要做什麼囉？」我反問她。

「怎麼會不知道，我一瞄就知道了。」

老姊的下巴又尖尖的翹起，一副很有自信的樣子。

「是什麼啊，妳說啊，不要只會套人家的話，妳有本事就說出來啊！」我可不信。

老姊雖然挺聰明的，但我還是不太相信，她瞄一眼就知道我在幹什麼。

「還不簡單，你在電腦上寫那內容，根本不會是在寫日記，你一定

是要在網路上散布對嗎？」

天啊，真讓她說中。她當真能瞄一下就知道我在做什麼。八成是得到了老媽的遺傳。

我心裡暗暗叫苦，看來我們家又多了一個可怕的女人了。

「我只是把阿嬤發生的事PO上網而已。」我不得不招了。

「寫這個要幹嘛？」老姊問。

「讓大家知道那些人都沒做事啊！」我說。

「你是當事人嗎？」老姊問。

「不是。」我搖頭。但隨後又補充：「可是當事人是我阿嬤。」

「那也一樣好嗎？在網路上亂散布毀人的言論，是會被人家告的。」老姊雙手叉在胸前，看著我說。

「可是我寫的都是實話啊！」我解釋著。

「就算是實話，也不能在網路上亂傳，雖然你寫的百分之九十九是真的，但那百分之一只要是過當的言論，別人就可以告你了。」老姊搖搖頭：「你沒看之前有幾個新聞，有人上網去PO說別人怎麼地、怎麼地，或某家店多糟、多糟，結果那些人都被告了。」

「可是，對於誹謗的事，能證明其為真實者，不罰。我查過了。」我很直接的回老姊。法律小書，我可是查過的。

「你當然不怕了。不過法條下面還有寫，若涉於私德而與公共利益無關者，不在此限。」老姊反問我：「你能保證這當中一點關係都沒有？」

我遲疑了一下。

我不是律師，所以不能保證。

「所以這是笨方法啊。就算這是事實，別人最後因此而告不成，但你這樣不是增加自己的麻煩。」

我沒說話。

但不得不承認老姊的話有點道理。

「而且還會讓老爸老媽他們擔心，你知道的，他們最怕麻煩了。」老姊說。

「那妳有什麼好方法？」我反問。

「有什麼好方法？」她神祕一笑。「當然囉，沒有好方法怎麼能說你的方法笨。」

「妳說說看啊！」我存疑。

老姊笑了二聲：「直接換掉他不就好了。」

「直接換掉？有可能嗎？」我想老姊想的太天真了吧。

「哪有什麼不可能的。」老姊把她的臉湊近到我面前，說：「天都會下紅雨了，一個小小的里長怎麼可能換不掉。」

「喂，妳說的倒容易！怎麼換？」我拿我的大鼻子對她的大臉。

「用你手中的選票換哪。喔，忘了，你離可以投票的年齡還差一段，難怪你不懂。」

老姊點點我的鼻子。

我馬上撥開她的手。

「用選票換啊，我剛好可以投票。」老姊得意的說。

「選票能有幾票，要換一個人那麼容易嗎？」我有百分之八十的懷疑。

「不一定喔，你沒聽過聚少成多。你信嗎？每個人一票，就能扳倒一個人。」

「不太相信。我還是覺得我的方法比較快。」我搖頭。

「你的方法有風險，小子。」

「妳的方法失敗率更大。」我反駁。

結果我們二個僵持不下，最後老姊拿出她壓箱寶——塔羅牌。

「來，說理沒結論時，那就用超自然的方法來決定，看是你的方法對，還是我的方法好？」

說罷，老姊就把手中的塔羅牌洗一遍，並說先問我的方法是否可行，然後在我面前將牌刷開成一個半圓形，要我從中抽選一張。

我看了那一排的牌，最後決定抽中間一張。

牌一翻，那是個愚者的牌。

老姊示出牌說：「看，想法太天真。來，換我的。」

她重新洗了一次牌，這次問的是用她的方法是否可行。

結果她抽出一張皇帝牌。

她拿牌示向我。我不等她開口便說：「不用說，我知道了，就用妳的方法吧。」

老姊算的塔羅牌一向很準，就因為準，所以她不常玩，這次她拿出來跟我一起算，我看到那張皇帝牌就知道這是個好牌，也就表示老姊的提議比我的好。

我最後同意她的看法。

「你放心，這是最符合正義程序的方法。也是最公平合理的方法。」

「妳別講這麼多了，要有用才算。」我悻悻然說。

「放心，老天有眼。民主不是玩假的。」

看老姊這麼有信心，我也沒話好說了。

塔羅牌，就相信塔羅牌吧。
總比相信選票來的有把握一點。

4. 小偷效應

被偷的第三天是星期六。

進入夏日的午后陽光雖然耀眼，但並不毒辣。

我趴在二樓的窗台前，看著美麗發亮的天空，心裡真是癢極了，一顆心和一雙腳，都不自主的想飛出去。

「美麗陽光下的土地真是美。」

我心裡想著、念著，但就是無法出去。

因為我有重責大任，必需好好顧家，防止小偷入侵。

那種想飛的心，真是要費了好大的勁才能把它關在我的胸膛裡。

阿嬤呼呼的睡著。

時長時短的打呼聲，專心的聽，還真是大聲。難怪之前阿姨生病住院時，她不要阿嬤去陪她，寧可自己住，原來就是阿嬤的打呼聲太大了，在夜深人靜的病房裡，顯得像打雷般大聲。

我仔細的看著熟睡的阿嬤。我真是佩服她，她是坐在沙發椅上就這麼睡著了。換成我，躺著睡都不一定睡的著，更別說是坐著睡了。

時鐘滴滴答答的響。我無聊的翻著課本。

聽得出來，整條巷子是安靜的，整個世界是在午睡的，只有我，滿腦子是跳動的思緒。

還好偶爾一、二輛車過去，讓我猜猜它們是哪種車子。以此來打發時間，但車子過去後，世界彷彿又靜了下來。

我繼續無聊的數著時間，想著我的武俠大夢。

這時，又有車聲從巷子遠遠傳來。

我一聽就知道，那是機車聲，而且是郵差的機車，一下子停，一下子又走。

郵差真辛苦，假日的下午他們還得送信。

我聽到那郵差的車子停在隔壁不遠處，他按了二聲喇叭。

那喇叭聲在安靜的巷中，格外震耳。

「三十六號掛號。」

我數了一下，一秒、二秒、三秒……沒有人回應。

那喇叭聲又再按二下。

「三十六號掛號。」

我又數了一下，一秒，二秒，三秒……還是沒人。

我叫了聲阿嬤。「阿嬤，掛號耶。」

阿嬤早醒來了，其實她耳朵很靈，我注意到郵差來時，她就已經不再打呼了，這就表示她已經醒來了。

「不要管。」阿嬤說。

我楞了一下。

「隔壁的掛號耶。」我又重覆了一遍。

這會我聽到一個更肯定的回答。

「別管他們。」

這下我可訝異了。

我記得以前只要有鄰居不在家，沒人接掛號信，阿嬤通常都會好心的幫忙簽收。

可是這次卻……

「別人的事我們不要管。」阿嬤再說。

我看阿嬤的眼睛是閉著的。我只好閉起嘴巴，關起耳朵，當什麼都沒聽見。反正又不是我們的。

郵差又按了幾次，看來是沒有人在家。

沒多久，郵差的機車聲就消失在巷尾。

巷子又恢復了寧靜，阿嬤的打呼聲又開始勻稱的響起。

時間似乎遺忘了我，獨讓我在這空間中無所事事，我只好把教科書換成偵探小說——福爾摩斯的《巴斯克村獵犬》，這故事正吸引著我。

關於福爾摩斯，整套有十冊，我已經修練到第五本，想來就覺得挺有成就的。這一套全集，可不是誰送的，全都是靠自己的本事賺來的，記得為了這一套福爾摩斯全集，我可是費了心思努力投稿，最後才得到這豐厚的戰利品。

得到了這精裝的十本書後，我可沒把它們供起來，雖然老媽嚴禁我看閒書，但老爸總會掩護我去啃讀，他說年輕人光讀教科書是不行的，沒有讀過武俠小說、科幻小說、偵探小說，就枉過年輕這一遭了。所以這一點老爸是鼓勵我的。因為他自己也是這麼過來的。

現在這好時光，只有我和阿嬤在家，我豈能放過。

我倚著窗邊讀書。在陽光賞臉的照襯之下，讀起閒書份外的感動。那是沒有任何煩惱的讀書樂。諾大的空間裡，只有時間和我並行。

我隨著福爾摩斯的腳步，深入探索那撲朔迷離的案情。就在這光線忽明忽暗間，我的腦筋靈光一現。

那大膽潛入阿嬤家的小偷，至今一點消息都沒有。不過根據案發之前的情況來看，有幾點線索可值得探究。

第一、小偷為何偏選阿嬤這一家？

根據我早上前後巡查一遍，這一排的透天厝容易下手偷的人家還

真不少，有的從後面防火巷看過去，後面的廚房鐵門早就鏽爛了，只要輕輕一扳，就能把門給拆了，簡直可以說是大大方方就能直驅而入；還有的人家是沒裝鐵窗的，要進去非常容易。怎麼說也不會選阿嬤這一家呀？

若說隨機選取，那命中率也太高了吧。

第二、就算是隨機選取的，被小偷抽中了，但根據我上頂樓現場觀察，要從防火巷沿著壁面攀爬至三樓頂，雖非難事，但從三樓頂要剪鐵窗，再用樓頂上的晒衣竹竿破玻璃而入，這就要有些運氣。因為每家的鐵窗不同，要能選到一扇很容易剪的鐵窗，除非是要近距離觀察才能確定，而阿嬤家的鐵窗外觀看去好似堅固，但實際上則是用雙手就可以輕易扳開，根本不用大剪子剪開，這過程大概不需要三十秒。顯然小偷有可能進距離觸碰過三樓頂的鐵窗。

第三、如果依前一個理論來推算，就剛好符合我詢問過阿嬤的問題。在案發後，我曾問阿嬤，之前有什麼陌生人曾到過樓頂去。根據阿嬤所說，案發前二天，有修水塔的工人曾上過三樓頂。這是近一年來，唯一上過樓頂的陌生人。

所以，事情好像有了點眉目。

然而，依據福爾摩斯辦案的方法，我必需找更多的證據來證明我的理論。

不過，當我開始規劃緝偷計畫時，安靜的巷內，又開始有人聲的活動。全然像是大家睡了個午覺後，都甦醒了。

這時門鈴啾啾啾的響起，午後停緩的時間宣告結束。我正打算起來應門，誰知阿嬤快了一步。

「不用管。」

「不用管？」我的頭還沒探出去，但滿心卻狐疑著。「怎麼又不用管了？這次是我們的門鈴響了。」我說。

「沒關係，不用管，我知道是誰？」阿嬤坐起了身子，倒了杯水喝，一派悠閒。

看不出她到底有沒有把門鈴響當成一回事。

「嗯……是誰呀？」我問。

「是對面的李太太。」

「是對面的？」我在想，人家也沒出聲，阿嬤怎麼會知道。

「你看著好了，她在敲門三下後就會出聲了。」

果然，在門鈴響後，又敲了三下門，隨後有人出聲了，正是對面的阿姨。

「陳太，陳太太。有人在家嗎？」

阿嬤果然是神算，一張鐵嘴，比算命的還靈。

我不禁好奇的問：「妳怎麼知道？」

「我怎麼不知道，她每次要回去南部前，都要我第二天去市場幫她婆婆買菜。」

「那妳怎麼不開門？」這真是奇怪，阿嬤已明知是誰，為的是什麼事了，卻還是不開門。

「何必開，我幹嘛沒事要去幫人家啊！太閒了嗎？」阿嬤邊泡著茶邊說著。

「哦，我知道了。妳在生氣對不對？」我大概明白了一點。

「是啊，氣，很氣呢！」阿嬤大方的承認。

她很直接的哼了一聲：「鄰居、鄰居，人家說遠親不如近鄰，這根本就不對嘛。有事鄰居一點用也沒有，你看看我們家出了事，哪個鄰居不是躲的遠遠的在看戲，好像我們得了傳染病。」

「不是傳染病啦，我們只是得罪了大人而已。」我笑嘻嘻的補充。

「大人？誰才是真的大人？有選票的人才是大人啦？」我馬上接到阿嬤的反駁。

我看阿嬤真的是生氣了。說到大人，她又開始火冒三丈。

我趕緊倒了杯茶給阿嬤。

「你喝。」阿嬤要我喝。

她自己則再倒了一杯。

那茶透黃透黃，非常好看，我一飲而盡。

「喂，那是茶，不是可樂，哪有這樣喝的。」阿嬤說了我一下。

我也知道喝茶是有一定程序的，但一想到喝口茶還要看一下、聞一下，才能啜一小口，我就覺得麻煩極了，真的口渴了，哪還管那麼多呢。

所以我覺得還是可樂好喝，喝下去那暢快淋漓的感覺真好。

「那妳決定不管對面啦？」我問。

「不用了，多做別人也沒謝你一下，有什麼用。」

「也對，別人的閒事少管。」我也同意。

但門鈴還是一直響，看來對面的阿姨還真不死心。

「她一直按怎麼辦？」我還真怕她把門鈴給弄壞了。

「按就按，當做沒聽到。」

果真。這鈴聲我算了一下，陸續按了有五、六次，每次都持續幾分鐘，我坐在裡頭聽到都快起雞皮疙瘩，但阿嬤仍不動如山，真是令人佩服。

終於，在按第七次後不再有人按門鈴了。看來那對面的阿姨八成以

為沒人在家。我想她明天的事，只好自己處理了。最起碼短期之內，阿嬤是不想做個愛管閒事的「閒人」。

這點我很肯定。

5. 超級老超人

過了一個無聊的星期六，接下來的星期天也不能倖免。

原本和小野約好去打籃球，由於遭小偷後的種種顧慮，在老爸和老媽無法分身的情況下，還是指派我和老姊隨身跟著阿公和阿嬤。

只不過老姊耍詐的很，老爸和老媽前腳剛踏出門，她後腳就跟著開溜，臨出門前還不忘叮嚀我，要好好保護阿公和阿嬤，還說今天會有點小狀況，要我小心留意。

想必她又算了一下塔羅牌，她覺得自己就是算的太準了，有些事情反而看不開，所以非到重要關頭，她是不輕易算牌的。看來她最近算的

滿勤的，我就看在她這麼勤勞的份上，不跟她計較了，只不過她明知會有些小狀況，卻還留我一個人陪阿嬤，真是不夠意思。

我上下又巡了一下門窗。現在就算不是晚上，也都有戒心的巡視一下，深怕哪一個疏漏，家裡又被人闖進來了。

還好這次小偷沒偷到什麼東西，阿嬤說頂多一條手鍊和幾張爸媽給的禮卷而已，但如果再遭小偷，難保家裡的東西不會被搬空。所以我巡了又巡，巡到最後都快變成神經質了。

「好了，應該安全啦。」我確認過瓦斯已經關好後，終於可以休息一會。

而阿公倒好，老早就到公園找人下棋去了。我就只能和阿嬤在家，陪著阿嬤看歌唱節目。

阿嬤很懂的享受，她肥肥的身體，輕輕鬆鬆的坐在按摩椅上，一邊按摩，一邊看著電視歌唱。她愛聽歌，不管是國語老歌還是閩南語老歌，她一概來者不拒。只不過，對我而言，那些歌星、那些歌曲，就好像天邊遙遠的樂章一樣，唱的令我這保鑣昏昏欲睡。

我想只有搖滾樂適合我，至少能把我身邊的瞌睡蟲給趕跑，讓我不至於陷入無底的昏沉當中。

就在我的頭不知叩到椅子上第幾次時，門外突然響起了連續又急促的敲門聲，而且一聲大過一聲。

我趕緊起身要去開門。心想是哪個人不會按門鈴，只會猛力的敲門？就算自己的手不痛，聽的人也會替他感到疼。

我走到門邊，問阿嬤：「阿嬤，妳知道是誰嗎？」

我有意測試一下阿嬤的預知能力。她這會卻搖頭。

「不知道是誰，你去看看。」阿嬤說。

我開了門。

門打開後，一陣酒味撲鼻而來，我立時退了一步。

老姊這時臨出門的話突然在我耳邊響起：「小心，今天會有點小狀況。」

我頓時收住了心，全神貫注。

我看了看門外來人。

門外站了個粗壯的男人，我目視過去，對方不太高，我可能都比他來的高一點。

那男人滿身酒氣，也有一點鬍渣子，看來是喝了不少酒。

基本上，這號人物，我們應該是不會認識。我打算把門給關上。

只是我關門的動作比他擋住門的動作慢了一點。他滿嘴酒氣的嚷著：「裡面的人在嗎？在嗎？」

我覺得很好笑，我不就是人嗎？

我指著自己跟他說：「我在啊！」

他抬了眼看我一下後，手一揮：「不是你，不是找你。」

「那你要找誰？」我邊問邊移往門後，門後藏了支球棒，是我用來打球的，這下我把球棒拿在手上，以門遮著手臂，不讓他發現。

「找……找……找……」

他半天說個「找」字也說不出個所以然來。我正覺得不要再跟他嚕嗦，先關門免得麻煩，突然他手一指，指向我後面——

「就是她。」

我向後瞄了一眼，後頭站著正是阿嬤。

「就是她。」那人又含糊的說了一遍。

原來他是要來找阿嬤的。

看來來者不善。這情形不像是來話家常的。

我於是又退了一步，二腳張開一點，以便站穩腳步，但一手仍擋著門。我估計，只要自己一用力，應該可以大過他的力量把門給關上。可是我這些準備動作尚來不及做，阿嬤就走向前來，一把將我給拉到她身後，而原本我拉住的門，這下就全開了。

阿嬤這舉動來的又快又猛，我根本來不及想下一步。只得順著阿嬤的拉勢，退了幾步來到她身旁。

我看阿嬤指著那人問：「要幹嘛？」

那人看到阿嬤後，突然從後面褲腰上刷出一把菜刀。他菜刀在手，指著阿嬤說：「就是妳在亂說的對不對？妳憑什麼說里長不對，這樣會影響他的選情，妳憑什麼說他不對，妳憑什麼，妳算老幾……」

那人一連說了幾句「憑什麼」，手上的刀子倏一下就從他手中揮

下，一刀砍在鐵門上，鐵門立時出現個深深的刀痕。看樣子阿嬤家的門還真是有夠脆弱，一刀下去便知那門不是鋼鐵門，而是擺好看的。

我見門凹了個洞，在第一時間快閃到阿嬤面前，一支球棒也掄在手上，我打算跟他拚了。

我盤算好了，只要他的菜刀不是像飛刀一樣射出，我就有六成的把握，能以手中的球棒打掉他的菜刀，然後再痛扁他一頓。畢竟我比他略高，雖然身材不若他強壯，但至少有一點我是勝他的，我年輕，要打架不見得輸他。

我看他在揮第一刀後，或許因為力道強而反震，讓他微退了一步，我也趁此時，準備提棒使出我的第一擊。

就在我要出手的同時，突然被身旁的阿嬤一把推開，同一個時間，我手上的球棒也換到阿嬤的手裡，阿嬤的速度超乎我的想像，我完全沒料到，奪去我手中球棒的人會是阿嬤。

只見阿嬤拿了球棒握在手上，用力的一揮，打在自家的鐵門上，那球棒和鋼鐵做的門相碰，發出震耳的撞擊聲，被震的來不及反應的我，耳朵是嗡嗡作響，並呆楞好幾秒。

「我算老幾，我算老大啦！就憑我是安安分分的老百姓，我就有資格說話。你！你才算老幾？你憑什麼在我家門口撒野，就憑你要來這裡嗆聲，還早！這裡沒有人有資格來質問我，尤其是你算哪根蔥，你沒資格。又不是你家被小偷偷光光，你知道個屁啊，你憑什麼來嗆聲？滾！給我滾回去。」

阿嬤聲大如雷，氣勢威武，一棒在手宛若天神大將，在出口大喝「滾」字之際，又將手中的球棒擊在鐵門上，再度令鐵門發出震懾人耳的聲響。

我頓時又呆了。

當下不僅我呆了，連那個來鬧事的男子也嚇的酒全醒了。那把刀拿在他手上，動也不動的呆看阿嬤，簡直像座雕像。

最後阿嬤又喝了長聲：「滾——」

菜刀從那人手中滑落，那人如夢乍醒般，快步離開。

事情結束，聲音立時由吵雜變成寂靜。

我還來不及理清這短短幾分鐘的頭緒。只記得事情從開始到結束，好像才不過幾分鐘而已。

我走出門去看那離去的男子，他已快步走到巷口，還不時回頭看，顯然他也覺得難以置信。

「阿嬤，他走了。」我心有餘悸的說。

「他還邊走邊回頭耶。」

我仍盯著那鬧事者看，還做勢要揮拳揍他，於是他跑的更快。

「阿嬤……」我本來要向她報告人走了，沒想到才一回頭，就見阿嬤拿著塑膠袋出來。

「阿嬤，妳幹嘛？」

阿嬤把塑膠袋遞給我：「把菜刀包起來。」

「包起來？幹嘛？」我不明白的問。

「報警，做證物。」

「報警？做證物？」我驚訝萬分。

「對，做證物。」

看阿嬤很堅定認真的說，我就知道她不是開玩笑的。

「去打電話。」

阿嬤又說了，這下真的是要打電話報警。

我立時回道：「沒問題，我這就去。」

當我拿起電話之後，卻想到如果接通了，不知道第一句話要跟警察怎麼講？總不能說哈囉吧！

我只好問阿嬤：「阿嬤，要怎麼講，我沒報過警。」

「就照實講。」

「照實講？可是照實講很長耶！」我又問。

「不會說短一點啊！」

阿嬤叫我說短一點，雖然還是不知道怎麼說短一點，但也不敢再多問。只好先想一下，看看待會要怎麼說。

就在我想著要怎麼報警之前，門外又開始了說話的聲音，而且顯然是不少人在說話。

我馬上放下電話衝出去看，怕是那瘋人又回頭來找碴。

的確，那瘋人又回來了，這次身邊又多了幾個人。

我看這場面可真是非同小可。一下來了這麼多人，而家裡只有阿嬤和我。就算真的「車拼」起來，我能以一抵幾人？阿嬤充其量只能在旁邊加油吶喊而已。想到此我就冷汗直流。

我必需想好如何可以保護阿嬤的有效步驟，再來想自己能否全身而退。

我挺身站在阿嬤面前，準備以肉身為阿嬤護駕。

誰知阿嬤這時卻拉了我一下，要我往後退到旁邊。

阿嬤這舉動讓我不明就裡，我馬上以眼神提出疑問。

只見阿嬤不急不徐的揚起手：「當頭白日，人家不會動手。」

我又看了阿嬤一眼，很想問：「妳確定？」但話還是沒問出口。

就在我還來不及照著阿嬤的話退到一邊時，先前鬧事的男子突然一個箭步上前，嚇的我趕緊跳開站到阿嬤旁邊，雙手擺出防衛的架勢。

只不過我這架勢擺好後，那男子並沒有進一步行動，反倒是來個九十度的大鞠躬，又嚇的我趕忙把阿嬤拉住後退一步。

這真是反常了，竟然會向我們行那麼大的鞠躬，而且我偷偷默數了一下，大概有一分鐘這麼久，這真是見鬼了。在幾分鐘之前還是凶神惡煞一個，幾分鐘之後卻判若二人。簡直令人難以置信。哪有人變化這麼快的？

我望向阿嬤，阿嬤的臉上完全看不出任何訊息，沒有喜怒，只是瞪著一雙眼，直直盯著那一群人。

「阿桑，很對不起，這個年輕人不懂事，請妳大人有大量，就不要跟他計較了。」

說話的人，碩壯結實，一臉看起來是有點凶相，但他開口後，大體上是算有禮貌的。

那個人在說完話後，就叫剛才鬧事的人向阿嬤一鞠躬禮。那鬧事的人也依著話照做。

一時間，我也不知道要怎麼辦才好。

人家鞠躬了三次，我們不說點話好像怪怪的。

於是我又看向阿嬤，想問她接下來要怎麼辦？

未等我開口問，阿嬤就先說了：「我們只有一老一小在家，他拿了把菜刀就殺過來，又不是殺豬，隨便砍砍就解決了。我都不知道現在還有沒有法律？我準備要叫警察來看看了。」

阿嬤一口流利的台語，不快不慢，說來挺有力的。

我很驚訝阿嬤怎麼一點也不害怕？

那看起來粗壯的人，在阿嬤說完後馬上接口，說話仍是很客氣。

「阿桑，言重了。我們沒這個意思，都是下面的人亂來。」

「下面的意思，不是你們的意思嗎？」阿嬤反問。

「當然不是。」那人馬上又說。

他還要那鬧事者趕快再道個歉。

那個鬧事者在胡鬧的時候凶的跟惡煞一樣，現在看來卻乖的像隻貓。

我在猜，阿嬤是會算了？還是繼續追究？若照阿嬤要我打電話報警的情況來看，八成是不會善了。

我等著看接下來的發展。也把警戒心更提高，以免待會又有什麼我預料不到的狀況發生。

但沒想到，阿嬤卻說：「好了，這件事就算了，人不要再出現在我

面前就好。」

這真是出乎我意料之外。我一把裝菜刀的塑膠袋還提在手，阿嬤卻說沒事了！

只見那壯男道了聲謝，那位鬧事的人也再行禮鞠躬一次。事情就莫名其妙的結束了。

等關上了門，確定那些人都走了後，我迫不及待的追問阿嬤。

「幹嘛這麼輕易就放過他們？」

「不然你想幹什麼？」阿嬤反問。「我們一個老，一個小的，又打不過別人。」

「報警啊，妳不是要報警？」我問。

「報警是嚇唬他們的。我又不是頭殼壞掉。」阿嬤指指腦袋。

「報警很笨嗎？」我覺得很奇怪。

「報警不笨啦，但警察、民意代表跟他們比跟我們還熟，事情會搞的很複雜。到時倒楣的可能又會是我們，說不定我們連門都出不了。」阿嬤邊說邊從她寬寬的褲袋裡拿出一個東西端詳著。「這種事要靠智慧解決。報警是最後一條路，警察是不能二十四小時保護你的。」

阿嬤她一邊說，一邊仔細的看著她手中的東西，我瞧那東西很眼熟，好像在哪裡見過。

突然，我立時想到那是什麼了——錄音筆。

那是我很久以前買給阿嬤的生日禮物，那時她一直很想要個錄音筆，因為她想錄那個倒她會錢的那個人來電時的對話。於是我就忍痛拿出我的零用錢，買個很不錯的錄音筆送給她當生日禮物。她那時還高興的直說好。

沒想到，現在她竟然拿那錄音筆錄下了剛才的所有對話。

「妳什麼時候拿的？」

我真是太驚訝了。阿嬤的手腳也太快了吧，完全在不知不覺中錄音，可是她絕不可能隨時都把錄音筆帶在身上吧？

「剛才拿塑膠袋的時候拿的。」阿嬤很得意的說。

「佩服，佩服！」我又再一次拱手抱拳，真心的說著：「真是叫您一聲女俠也不為過。」

「還女俠哩，老俠還差不多。」阿嬤幽默的回我。

看她能說能笑，我還真是佩服，想到剛才站在那危險之中，嚇的心臟快跳出來了。

「阿嬤，妳一點都不怕喔？」

「怕，當然怕。怕到二腿還在抖。」

原來阿嬤也會怕。

「可是妳一點也看不出來。」我說。

「要是讓人看出來，不就被看破手腳了，人家怎麼會怕你。」

原來她是硬撐的。但也撐的真鎮定，連我都看不出來。

隨後阿嬤又從抽屜拿出數位相機遞給我。

「幹嘛？」我問。

「拍照存證。」她指著那把菜刀。

「妳也知道拍照存證？」我訝異。

「拍照存證有什麼難？不就照個像，留做證據嗎？我還知道保留法律追訴權呢。」阿嬤說。

我無法表示我的驚訝，只能連退幾步後，再大大的一鞠躬來表示我甘拜下風。

「你不要以為你阿嬤沒讀過什麼書，但我至少也會看電視吧！」阿嬤說。電視的力量真是無遠弗屆，難怪現在新聞整天都在播放，原來真的有人會學習的。

「所以，遇到他們那種人，千萬不能慌，就算怕，也要假裝不怕，這樣他們才會先怕你。而且不要跟人家起衝突，他們有備而來，到時倒楣的一定是自己，只要轉一個彎，一樣能讓他們受到教訓。」

「怎麼教訓？」我不知道阿嬤有什麼法寶。

「讓他們不當選就是教訓。」阿嬤回答。

沒想到阿嬤也主張用選票來解決這事。

「妳也覺得要用選票？」我問。

「怎麼，有人跟我一樣嗎？」

「張小馨啊！」

阿嬤拍了我的頭：「『姊姊』不會叫啊，怎麼老叫張小馨。沒大沒小。」

我吐吐舌頭。我和老姊私底下都這樣叫，老爸老媽都沒說什麼，只有阿嬤不知道而已。

「可是……有用嗎？」用選票是君子的方式，但君子的方式不一定能成事，我本來就不看好。

阿嬤看了我一眼。「不信？就憑你祖嬤一張嘴，我就能讓世界顛倒轉。」

阿嬤這麼說，我信。她的口才簡直可以去參加辯論大賽。

「別看我老了。你信不信，只要我出馬，保證票減一半。到時我一定是那關鍵的幾票。」

信，我哪會不信。

老媽的功力已經很強了，何況是「師」字輩的阿嬤，我怎會不信。

我看真的有人要倒大楣了，因為阿嬤一出馬，這場選舉仗就有得瞧了。

「這錄音筆趕快弄一弄，存入電腦，我要去看電視了。」

阿嬤說完就撇下我去看電視了，只剩我一個人處理後續的動作。

「真是的，好好一個禮拜天，搞成這樣。」阿嬤開了電視後還喃喃自語。

我則趕緊做我的工作。

的確，一個好好的星期假日，搞的驚嚇連連，真是不知得罪誰了，連球都不能打。

而且這事還真應了老姊那張嘴。她出門前所說的要注意小狀況，真是不假。只不過這小狀況的驚嚇級數也太高了，如果下次她說有大狀況時，我得準備好盾牌或防彈衣了。

今天的事暫時告一段落了，但接下來會怎麼發展？我卻想不出來，好像一切的一切，都無法預料，看來未來這幾天，只能見招拆招了。

但還是得請求老天爺，可別又來個像今天那樣的場面了，雖然家裡有個老超人，但不見得天天罩得住，我還是想平平安安的過日子，畢竟那刀光劍影的日子還是在書裡出現就好。

由此事件，我也有所覺悟，我想當大俠，還是在書裡吧！至少書裡安全些。

6. 誰是小偷

話說大俠當不成，當個大偵探總行吧！

「小偷來了」只是個開頭，事情可還沒有結束，那個膽大妄為的小偷至今還沒有抓到。

我曾二次騎單車到派出所去詢問進度，得到的結果是零。我其實知道會是這樣的結果，因為這是一般小案，才不會有人理呢。與其等警察去抓，還不如自己來研究。至少，到目前為止，已經有一點頭緒。

我把所有得到的資訊都彙整起來，經過分析研究，只有一個可疑的目標——就是小偷來之前曾上過頂樓的修水塔老闆。

根據阿嬤所提供的訊息顯示，當日來修水塔的是市場旁邊那間電器行的老闆老李和他讀高一的兒子。

他們當天在樓頂工作了一個下午。

所以依此線索，我把他們二人列入可疑嫌犯。

再根據我探詢阿嬤之口，得知電器行老闆為人算不錯，蠻熱心的，平常沒事時會到公園掃地。

對於這樣熱心公益的人，我的懷疑少一點。但那電器行老闆的兒子，我就覺得大大的可疑了。

電器行老闆的兒子和我讀同一個學校、同一個年級，平時看起來就一副賊賊的樣子。每次在等車的時候，他的頭總是低低的，好像地上有錢可撿一樣。

我和小野早就看他不順眼了。我倆曾經研究，他不是做了什麼虧心事，就是在找地上的黃金。

不過，他有個更轟動的事蹟，就是在學校曾跟一個數學老師打起來。這事件的版本是說，他把老師打到流血，下手非常狠。雖然此事被學校蓋下來，但全校幾乎都有耳聞。

我早就想見識他這樣的人物了。敢打老師！這種人我知道他非善類。

既然他有這樣的不良紀錄，那阿嬤家遭小偷和他就脫離不了關係。他是最可疑的人，在案發前二天，只有他和他爸爸是唯二上過頂樓的人。我鎖定他，在等車的時候刻意在他所倚靠的電線桿後方幾步盯看著。

我很好奇，他為何總是微低著頭，還把衣服穿的鬆垮垮的，站在那根電線桿旁。也無所謂那電線桿剛剛才被一隻黃狗灑了尿，地上都還是溼溼的。他一樣若無其事倚靠在那，直到公車來。

而且，他總是最後一個才上車。

在我心目中，他真是個怪人。我真想衝上去把他抓去警察局去。

「你吃錯藥囉！」

在車上，小野壓低聲說我。

「哪有？」

「那你幹嘛一直看著李進良。」

小野講到他的名字時，還把聲音壓到最小，小到我幾乎聽不見。

「我沒有！」我否認。我想這事愈少人知道愈好，包括小野，他是有名的掃把星，什麼事只要他參與，八成都會失敗。

「騙人！」

「沒有就是沒有。」我堅定的回答。

「你連我也不說，明明就有！」小野不死心，拉著我一直問。不知道是不是我的動作太明顯了，竟然連小野這神經大條的人都能發覺。

「你從等車的時候，眼睛就沒有離開過他，連踩到大便都不知道，你還想說沒有。」小野一雙眼直盯著質問我。

「踩到大便！」

「靠！」我暗叫一聲。果真，一股臭氣就從我腳下傳上來。

「你怎麼不早說。」我臉紅加上丟臉，狠狠的問小野。

「全車就你不知道，你沒發現整車的人都離你遠遠的嗎？」小野說。

喔！真是丟死人了。

那臭味噁心不說，重要的是大家嫌惡的眼神，簡直令我無地自容。

更令我生氣的是，那個李進良，竟然用一種訕笑的眼神看我。氣，真氣！

我跳下車後，直衝到學校旁的沙地，趕緊把那毀了我所有形象的大便除掉。

一坨屎，差點害了我所有的計畫。

既然小野已經發現了，我也瞞不了他，為免他日後無知的破壞，我只好將我的想法與計畫告訴他。

「好啊！好啊！聽起來很刺激。」

小野在聽了我的A計畫後，興奮的不得了。

「那你要不要幫我？」我問。

「幫，當然幫，那麼刺激的事當然要算我一份。」

看小野話答應的那麼快，我開始擔心。

「希望你不是來壞事的。」

小野拍胸脯保證：「不會，不會。絕對不會。」

他愈是這麼說我愈是害怕。

天知道，他不知有多少次都跟我們保證沒問題，但最後都是他沒有問題，而我們卻是一大堆問題。

就拿最近一次的烤肉事件來說吧。那次小野負責去拿所有訂好的材料，臨去之前，班長還千叮嚀萬囑咐的，要他一定把材料拿好。誰知他滿口答應，但腦袋不知記了什麼，回來時只有他和他的鐵馬回來，材料卻不見蹤影。他還天真的說他確定拿了，但不知道怎麼會不見了。

於是我們只好再派個人陪他沿路找回去，一直找到材料店門前，才發現小野掉了的一大箱東西。

大家完全敗給小野，他一路上都沒發現後座的重量不對，還傻傻的騎回來。所以，基本上小野多半是成事不足，敗事有餘。

「安啦，要跟一個人還不簡單。」小野再次保證。

我只能姑且信他。

我們以跟蹤來監視那「不良」。

「不良」是我和小野取的代號，剛好很符合李進良的名字。

我們跟著李進良上學，因他是隔壁班的，所以下了課後，我也和小野到他班級前故意找國小同學大象聊天。和大象聊天是假，真正的目的還是在監視那個「不良」。

我們發現，那個「不良」還真是個怪人，大家下了課都是鬧哄哄的談笑，唯獨他下了課後也沒往外跑，反而是趴在桌上睡大覺。而這種情況幾乎整天都如此，除了上廁所外，他都趴在桌上睡覺。

我猜他八成是在夜裡活動，不然哪有人幾乎天天都用下課時間在睡

覺的。而且據大象所說，他從以前就這樣了。

這讓我更加懷疑他與小偷事件的關聯。

「怎麼辦？他都走同一條路，做同樣的事，我看除了上廁所，他好像沒事做耶。」小野終於忍不住提出他的看法。

基本上我也認同，跟了三天，根本沒有收獲。

「那就改B計畫，暗夜行動。」

「暗夜行動？」小野張大他像龍眼一樣小的眼睛。

「對，暗夜行動。」

當晚，我們就執行這項暗夜行動。

我和小野約好半夜十二點在公園涼亭旁邊，以涼亭的柱子做為我們的掩護，監視對面——「不良」的家。

「幹嘛選在涼亭旁邊？」小野緊挨著我問著。

「你不要貼那麼近，很奇怪耶。」我低聲嚷嚷。

「我害怕啊！」小野說。

「怕什麼啦？」我真覺得煩，早知道不帶他出來了。都多大了還說怕，又不是三歲小孩子。

「我媽說過，這涼亭裡有人自殺過。」小野說。

聽得出來他聲音還帶著抖音。

「你怎麼不早說！」我一聽，也覺得心底發毛。

「我怎麼知道你會選這裡。」

我真是敗給他了。為了不要讓害怕的因素影響到我們的計畫，我提議轉移觀測陣地。

「那我們換個地方看。」我說。

「可是……」

「可是什麼啦？」我不耐煩，都什麼時候了還拖拖拉拉。

我要拉著他走，他卻好像黏在原地一樣，一時間竟拉不起。

「你怎麼了啦？」我催著小野。

「我……我……我……」

他愈說愈像要哭了一樣。

我真是快暈倒了，都什麼時候了，還給我出這種狀況。

「你是見鬼了嗎？幹嘛哭啊？」

我話一出，就覺得不太妥，沒事我怎麼會說出那個「鬼」字，但沒辦法說太快了。

不過，小野好像真的有問題，他聽我那句後，一張臉更垮，只差沒飆淚。

「真……真的，我後面好像真的有……有……東西……

啊──」

小野抓著我，並向我這邊衝過來，我還來不及反應，就被他撞推到一棵樹，弄的我一陣暈眩。還好那樹不大，我的手肘擋了一下，不然這一撞，鐵定腦震盪。

「你怎麼啦？」我低吼。

「我後面真的有東西啦……」

聽聲音，小野都快哭了，他還低著頭，把頭對著我，連抬都不敢抬。

「有你大頭……」

那「啦」字還沒下，我的話就出不來了。

因為在小野身後真的站了個「東西」。

在昏暗的燈光下，那「東西」一半看的清楚，一半看不清。

我全身雞皮疙瘩豎起，腳也發軟，加上小野又把我抓的死緊，我一時想跑卻跑不了。

「怎麼樣？你有沒有看到……有沒有……」

小野還很白目的直問。

我是真的看到了，但看到了又怎樣，我現在想跑也跑不動了。

「你……你閉嘴……啦……」

我感覺自己的嘴也在抖。

「真的有，對不對……真的有啊！」小野一頭頂到我的胸前，害怕的一直拿頭頂我。我真想一拳把他給打昏，可是連我的手也發軟。

我以前總覺得那是不可能遇到的事，阿嬤曾跟我說過，我的八字很重，不容易看到。但現在我真想叫阿嬤來，請她告訴我這是怎麼一回事。

「不做虧心事，就不怕鬼敲門。」

就在我嚇的冷汗直流，想要叫爸叫媽之際，突然一個聲音響起。那聲音好冷，由如冷空氣直接從我頭頂灌下。

只見那原本半邊看不見的影像，慢慢出來，最後原本不被預期會出現的一顆頭也浮現。

那頭，還好看得見五官，只是在昏黃的路燈下，那臉面顯得蒼白。至少，樣子還不可怕。只是……好像有點眼熟。

雖然心臟跳的像是失速的車，快的踩不了煞車，但我鎮定的意識告訴我，這人很熟，是我認識的某一個人之一，而且……

「李進良！」我大叫。

那個我們跟蹤監視的目標——「不良」。

他一出現，我整個人全醒了。

著。

我用雙手把小野的頭使力抬起。「起來啦！是人啦。」

「我不信，你騙我。」小野還死命不肯抬頭。一顆頭千斤重的猛垂著。

我只好再用點力扳起他的頭，把他的頭連身體一起轉過去。讓他看著李進良。

「看，是李進良啦！」我大聲說。

小野他大概聽到我的話了，身體也不再亂揮動，反而向前走。沒過多久就聽到他說：「真……真的耶，是李進良。還好不是……」

他說這話的時候，人幾乎就要與李進良臉貼臉了。我真怕他沒有防備會被李進良一拳給打下去。

我趕緊把小野拉回來。同時也不客氣的質問那躲在暗處的人。「你幹嘛鬼鬼祟祟的躲在暗處。」

只聽李進良冷哼一聲：「是誰鬼鬼祟祟的啊！」

「對喔，好像是我們鬼鬼祟祟的。」小野說。而且還很天真的反問李進良：「啊，你怎麼知道？」

「若要人不知，除非己莫為。」

我瞪了小野一眼。都什麼時候了還這麼白目。

「你想怎樣？」我學著他冷冷的口氣問。

「這話該是我問你。」

「我……」我一時間被他問住了。

他雙手插在褲袋，動也不動的冷看我們。而且連說話也冷的不像話，沒見到他的臉，還真以為見鬼了。

「我們要不要跟他說？」小野問我。

「說就說，誰怕誰！」我回小野。事情都到了這個地步，除了說也

不知道能怎麼辦。

「我們在跟蹤一個小偷。」我直接把話攤開來說了。

「是我嗎？」

他先是楞了幾秒，才開口問，不過口氣還是很冷硬，一點高低起伏都沒有。

「廢話，不然我們是在跟誰。」我回。

我這話說了之後，正在想他會有什麼動作？但奇怪的是。他沉默了好一會都沒聲音。要不是人還在我面前，我還真以為他消失不見了。

「我們懷疑你跟我阿嬤家被偷有關。」我又說。

我就不信他不說話。

「你憑什麼說我是小偷。」終於，他開了口。

「因為你長的就像小偷。」我說。

我看他鐵青著一張臉。心裡暗自高興。

「你再說一遍。」他青著的臉露出兇光。

「你長的就像小偷。聽不懂嗎？」我也不爽的再說一遍。而且還再加了句：「小偷跟你一樣都是瘦子。」電視上那個廣告台詞就是這麼說的。剛好就可以讓我把話送給那個李進良。

「可是電視上還有人說『反對』啊！」

小野又插上一嘴。真不知他是來幫我還是來攪局的。

「你閉嘴。」我警告小野。

「你有膽再說一遍。」李進良又問了我一遍。

我當然不服氣的說了一遍，誰怕誰啊！

雖然我已瞄到他雙手的拳頭開始收握，但我也有準備，隨時防他的

出手。

只不過他似乎連打架都不敢，只是一副很生氣的樣子，站在原地不動。

「警告你們，不要再跟著我。二個笨蛋！」他說。

「你說誰笨蛋？」我上前一步指著他問。

他竟敢罵我笨蛋，如果他罵小野笨蛋也就算了，竟敢說我！

「你！」

他一雙眼瞪著我。

是可忍？孰不可忍。我最恨別人說我是笨蛋！從來沒有人這樣損我。

「去你個笨蛋！」我一個箭步衝上去。

我本打算抓他的衣領，給他二拳。誰知他突然一個側身，就閃過我

的抓勢，讓我抓了個空。

他冷哼一下，那不屑的哼聲刺耳。我馬上側個身使勁一揮，想封住他的嘴。

但他完全猜得到我想怎麼揮擊一樣，馬上閃身而過，且一把抓住我揮過去的手臂。

「夠了！」他喝一聲，一把將我的手臂用力推開。

我連退好幾步。還好小野在後面擋著。

「喂，不要打啦！」小野在後面拉著我的衣服說著。

「你讓開。」我推開小野。

我就不相信我會輸給那個又瘦又小又比我矮半個頭的人。

我再次衝上前去。但連續撲了幾個空。

「人笨看臉就知道。」他在我連撲了三個空後指著我說，並警告：

「不要再跟蹤我，不然要你好看。」

說完他轉身就要走。

我看路旁一根木頭，抓起來就朝他的肩背打下去。

這力道我是使出全力的，他被我打那一下，腳步頓跌了一下。

我趁勢再衝過去給他一棒，他馬上單膝跪下地。

「我要你跟我道歉。」我到他面前，指著他。

但他像沒聽到一樣，頭依舊沒抬起。

「我叫你道歉，你聽到……」

話沒說完，我馬上收到一記拳頭。重重的朝我下巴勾上來。

這拳又快又重，我根本來不及反應，更別說要閃了，打的我是滿眼金星，嘴裡湧來一陣熱流。

「啊，你……大慶你流血了。」小野哇哇大叫。

我心裡有數，因為一股血腥味直衝鼻頭。

「媽的！」我抹掉嘴角的血。掄起棒子就揮過去。

他的手像是吸鐵般，木棒一碰到他的手，就被他抓住。看上去他並沒有施什麼力，那木棒一下就震回來，震的我二手發麻，抓也抓不住。

「喂，不要打了啦！」小野拉住我。

我甩開小野。

我手雖麻，但我可不這麼認輸，他不可能會贏的。

我又衝過去。

但馬上就彈了回來，因為臉上一陣痛麻。

「不要打了啦，你打不過他！」小野從後抱住我。

「你放開啦！」我叫著。

「我不想讓你去送死。」小野也叫著。「你不覺得你根本打不到他。」

我才不聽。

我卯足了全力向前衝去，就算我自己會倒，也要把他一起撞翻。

但是，我根本還沒接觸到他，就吃了重重的一拳。這拳，讓整個肚子像爆裂開來一樣，隨即一陣劇痛，令我不自主的彎下了腰，久久不能起來。

「還是他識相。」李進良說。

他指著我：「人就算沒有大腦也要有自知之明。我不會要你把話吞回去，但我送你幾句你說過的話。」

「你就像個笨蛋，笨蛋都跟你一樣沒用。」

「你！」我只能吐出一個「你」字，接下來的話我痛的再也講不出來。

「回去想清楚。憑你這料要做警察，只有一個字可以形容。」他把大拇指往下比：「遜！」

說完他轉身就走。

我不甘心，憑什麼讓他囂張而去。

我咬緊牙，想要站起來，但我連直起身來都不能，整個身體幾乎呈九十度的彎度，雙腿也發軟的只能跪地撐著。

我眼睜睜的看他揚長而去，消失在黑夜裡。

接著我的身體也不聽使喚的慢慢向前傾。在我即將倒地之前，我好像聽到小野在旁邊嗡嗡的叫著。

我不知為什麼他的聲音會變成蜜蜂，我也不知道自己的身體怎麼重到拉不起來。

慢慢地……我好像什麼都不知道了。

7. 家庭會議

「咦，沒看到我們喔，怎麼也不打招呼？」

我低頭進門時，並沒想太多，只想快快進房間。可是沒想到還是有人注意到我。而且這聲音我聽起來倒是挺熟的。

我抬頭循望聲音而去。是小舅！。

去香港出差的小舅回來了。

「還有我們。」

我看從廚房走出來的人。

「二阿姨，姨丈。」

他們都回來了。

而且客廳裡好像很熱鬧。

我定眼一看，老爸老媽和老姊也在。

這下慘了，我心裡想。早知道不要這麼早回來。

「嗨，我回來了。」我快速的把頭抬了又低下。馬上又說：「我要先進去看書。」二條腿很配合的就朝著房間溜去。

只是，我前腳才跨出一步。「等等。」老媽的聲音就叫住了我。

「抬起頭來。」老姊的聲音。

我就知道她很愛管閒事。

我當然沒有照她說的把頭抬起來。

可是她那個奸詐的傢伙，竟然跑到我面前來，還特地蹲下來盯著我看。

我心裡暗自叫苦。

被她一發現準沒好事的，她是唯恐天下不亂那一型的。

果然，沒多久就聽到她的驚聲尖叫。我心裡在想，也不用這麼誇張吧。

「張小慶，你怎麼一張豬頭臉！」

我瞪了她一下。我知道她是故意的，她明知這是鼻青臉腫，竟然還叫我豬頭臉。

「注意妳的用詞。」我警告她。

可是她非但不聽，反而更大聲的嚷著：「老媽，妳看他！」她還得意的向我使個眼色。

我當下真恨不得把她變不見，免得她出來危害世人。

「大慶，你怎麼了？」這回是老爸問我。

重。

依我現在的模樣，我不敢抬頭正眼看著他們，只好聽聲辨人。

「沒有啦！」我勉強的回道。

「把頭抬起來。」這回是老媽的聲音。

我知道不抬頭是過不了關的，但這顆頭要我抬起，卻又覺得千斤

「怎麼了？」

這次是阿嬤的聲音，她索性直接走過來，一手就把我的臉抬起來。

「糟了！」我心底一陣唉叫。

這下想躲也躲不掉了。

「你的臉怎麼了？跟人家打架了嗎？」

阿嬤這麼一問。我已知完全瞞不住了。

「跟誰打啦？打這麼慘烈？是輸還是贏？」阿嬤還真有趣，都什麼

時候了她還會開玩笑。

「張大慶！」

耳邊傳來老媽的聲音。我一聽就知道，她一定很不高興，這聲音有如中度颱風的強度。

「唉唷，沒什麼啦！」我也不知道該說什麼？這能算是和別人打架嗎？我看是被挨打吧。被打成這樣已經夠丟臉了，我根本就不想去想他。

「沒什麼會弄成這樣？」

面對老媽的質問，我根本不想回答。我心裡真的已經很沮喪了，現在又被一群人拷問。

我閉嘴不想說。

「大慶！」

老媽再次呼叫的聲音，我知道她已經忍耐到了極限。

反正我也打算豁出去了，絕不能把昨天晚上的丟臉事講出去。

而就在整個氣氛快要結成冰時，阿嬤說了話。

「好了，好了，應該是平手吧！沒事，沒事。我們還是繼續我們的討論。」阿嬤說。

阿嬤摸了我的頭一下，還拍了拍我的肩背。「你也一起來討論。」

我就這麼被拉了過去。

我不敢看老媽凌厲的眼神。我知道她現在眼睛裡一定在冒火。

倒是老姊，她真是擺明和我做對，該講的不講，還直繞著我的事打轉。

「看樣子打的蠻激烈的。嘴角瘀血這麼一大塊，是被哪個動物親到的啊？」

「不好笑好不好。」我白了一眼老姊。

「能把你打成這樣，想來也是個高手。」

老姊還說個沒完。

我額頭又多了一排線了。

「喂，告訴我是哪號人物，讓我去會會他……」

說真的，我真想拿片蘋果堵住老姊的嘴，要她別再說了，我現在的情況已經是在火裡燒了，她還提著油桶來助興。

「馨——」還好老媽出聲。

不然老姊肯定不會放過我。

「好啦，不要講這個話題了。」

阿嬤一說話，大家總算把話題給換了。

我趕快偷瞄了老媽的臉色，不好看，很不好看。還好我現在還是暫住阿嬤家，不然這事絕不可能就這樣算了。

「那窗戶的事怎麼樣？要封起來嗎？」阿姨問。

「我不贊成。」小舅持反對意見。

我還搞不大清楚。

「不封！小偷又進來怎麼辦？」阿公說。

「總不能怕小偷進來就把窗戶封了。那如果小偷從大門進來，我們是不是要把大門給封起來。」小舅強烈的反對。

「是啊，爸，我也覺得不好。封起來就沒有光線了。」老媽說。

看來大家是為了樓頂上那個小偷進來的窗戶在討論。

「還有一個窗戶啊，哪會有光線不好？」阿公回。

看來阿公很執意要封住那個窗戶，但是大家都覺得不好。

結果二邊的意見一直僵持不下。

別看阿公平常溫和的不說話，一旦他確定要做的事，幾乎很少有改變的空間。

阿嬤就常說阿公固執的像一頭牛。

果然，阿公這頭固執的牛任憑大家怎麼說都沒有用，他就是覺得小偷往哪兒來，就要把那個窗戶封起來，免得夜長夢多。

「大慶，你說，你一定跟我一樣也覺得要封起來對不對？」

他們說著說著，竟然要我一個沒有發言權的人表示意見。這真是為難了我。

一邊是我的阿公，一邊是我的阿嬤和爸媽，怎麼都得罪不起。

「大慶，阿公要你說你就說吧？」

老爸竟也要我說。簡直是太看得起我了。

我看了一下大家。

只好硬著頭皮說：「我覺得都可以。」

雖然問題無法解決。但起碼這是最保險的說法。

他們又為了這事討論了一個多小時，最終抵不過阿公的牛脾氣，還是決定封起窗戶了。

接著，他們又討論了我感興趣的話題。

「後天的選舉，所有的票都投3號。」阿嬤下了動員令。

看來阿嬤是玩真的。

「媽，妳之前不是很支持現在的里長。」小舅半開玩笑的問。

「以前是以前，現在是現在。以前他沒做里長不知道是怎樣，但做了里長之後，和以前完全不一樣。簡直是換了位子也換了腦袋。」

阿嬤果然電視看多了，什麼樣的詞她都運用自如，得心應手。說起來一點也不打結。

問。

「沒錯，一個小偷就能測出一個人，也算划算。」阿姨也附和「不過，媽，妳怎麼不再找代表和議員，順便也測試他們一下。」阿姨再問。

「一時沒想到啊。我後來有在想，找代表或議員去，警察一定辦的很快。」阿嬤說。

「當然，警察只怕代表他們。」老爸說。

「沒有權力、勢力，警察通常都會把案子吃了。畢竟這是小案子。」

姨丈說的很對，我們這的確是小案子，因為所損失的也不過一條金手鍊和幾仟塊的禮券而已。難怪沒人要理睬我們。

「何況我們家才幾票，別人根本不把我們放在眼裡。」小舅說。

「可是他想的太簡單了，我們這幾票再加上我們能影響的票，加起來前前後後，就會讓他翻盤。他還真的以為我們是遜腳。」阿姨說。

聽到「遜」字，我又想起昨晚被那個李進良羞辱的情景。悶啊！

「『遜』？到時候就知道誰遜了。他自己都不知道私底下有多少人說他不好。我只是沒告訴他而已。」阿嬤忿忿的說。

「這種人不用告訴他了，要讓他親身體驗一下挫敗的感覺，這樣一輩子才能忘不了。」老媽說。

「這種人絕對改不了自己的心態。他到現在還認為這一切都是誤會。」阿姨雙手一攤。

「那就讓他落選一次啊！如果永遠想不透，就讓他永遠也爬不起來。」

小舅說的最直接。對嘛，一直落選就是對他的一種懲罰與打擊了。

最後，大家終於在十二點前取得了共識。

我在想，剩下一天即將要選舉，結果將會是如何？是他哭呢？還是我們哭？

但不管是他哭還是我們哭，至少我看到了一種民意的反撲。這民意，就像已架好的利箭，隨時蓄勢待發。

只要射的準，力道夠強，相信目標一定會中的。

8. 小偷又來了

下午，請了半天假去看醫生。因為半邊臉已經腫到不像話了，真應了老姊之前所講的——豬頭臉。

想到此，我就悶啊！連小說都看不下去了，只能以電動來發洩我的鬱卒。

「你看起來很不高興喔。」

阿嬤在旁邊包餃子，我們整個下午就這樣坐在客廳。

「沒有啊！」我說。

其實，我心裡真的很嘔。嘔到一股氣憋在胸口都快爆炸了。

戲。

「有事就說出來，不然憋在心裡會憋出病的。」

我知道阿嬤說的話有道理，但我現在聽不進去，我只想玩電動遊戲。

我選了一個最會打全壘打的人物，竟然一支全壘打也打不出來。

「我就不信，我就不信。」

我狠狠的看準來球，終於轟了一支特大號的全壘打。我要證明我不是個沒用的人。

「牆在那裡！」阿嬤莫名其妙的說了這麼一句，也不知道她是什麼意思。

「什麼？」我抬頭。

「我說牆在那裡啊！」

我循著阿嬤的手一指，看向那牆壁。沒什麼兩樣啊？

「要幹嘛？」我問。

「不痛快，就去撞牆吧！」

撞牆？「ㄏㄡˇ」，她太狠了吧。

「那會痛的耶。」我大聲說。

「你也知道會痛喔，那還有救。」

阿嬤把包好的餃子一盤盤端到廚房。我知道她是把餃子放到冰庫去冷凍起來。

等到她回到客廳時，見到她手裡拿著一顆枕頭。

我狐疑的看著她。

她拿著那枕頭貼著那面牆。對著我說：「來。」

我楞了一下。不會真要我撞牆吧？我可是一點心裡準備都沒有。

「幹嘛啦？」看阿嬤那麼認真，我在想是不是也要配合演出。難道

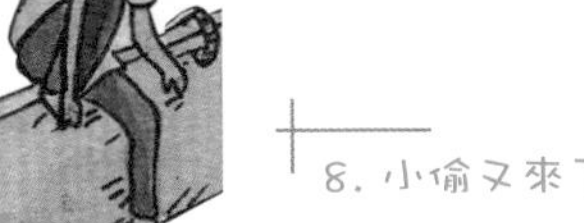

人老了，行事都變得瘋瘋癲癲了？

「來啊！」阿嬤又說。

「不要，我又沒有真的要撞牆。」我才不要過去呢。撞下去鐵定去掛急診。

「沒看到我拿枕頭嗎？我又沒要你撞，我是要你打枕頭。」

「打枕頭？」

「對啊，你不是心裡頭不爽，來打呀。打枕頭不會痛的。」

看阿嬤一臉的認真。我真是不知該說什麼才好。

「我又不是神經病，我幹嘛去打枕頭啊！」我跳腳。

「架都已經打完了，你還在氣，還說沒有問題。」阿嬤把枕頭拿下來。丟到旁邊的小房間裡。「當場的事要當場解決，事情拖到現在，只有你氣，別人可是一點感覺都沒有。這又何必呢？」

「可是我怎麼會輸他！我不服啦。」我大叫。這氣我憋的很久了。

「拳頭是不能解決問題的，就像你阿嬤我，當初人家拿菜刀上門，我如果和對方硬幹，不就等著被人家宰？」

「可是妳拿的棒子更大呀。」我說。那時阿嬤一棒打掉人家菜刀，別人當然怕呀。

「是啊，我的棒子是很大，如果當時我沒膽量和頭腦，豈不當場就漏氣了。」

說的也是，我當時就沒有那麼快的反應。

「所以，做任何事，要靠頭腦，除非你是世界上最強的人，不然永遠會有比你更強的人出現。」

阿嬤看看我。

我也看看她。

這話，好像蠻有道理的。

我之前輸李進良，但並不表示我以後也會輸給他。反正我和他的戰爭還沒完，我不能就此舉白旗投降，這樣只是便宜了他。

想通了這點，我的心也舒坦了許多。

「OK，我想通了。」我說。

「我以後……」我才正要把我的感想說出來。

阿嬤卻冷不防來這麼一句：「下雨了。去把衣服收進來吧。」

「喔，好。」我只能這樣回答。

真是掃興，我都還沒講完呢。

不過也算了，反正也沒那麼難過了，想通了就好了。

「快去唷，雨還不小呢。」

阿嬤催的緊。我馬上三步併二步跑上三樓。

衣服都掛在陽台鐵窗邊的竹竿上，要趕緊收到裡面。

「沒事幹嘛下雨。」

這天氣也真怪，明明中午還出個大太陽，現在卻飄起雨。我注意看了一下天空，太陽還在，只是躲在厚厚的雲層裡，我知道這一陣小雨，應該會去的很快。

果然，我才收了一半，那雨就像水源開關一樣，停止不下了。

唉！人在倒楣時連老天爺都在捉弄。我只好一件一件把它給掛回去。

就在我掛回去當中，突然瞥見一個奇怪的景像。

斜對面左邊第三家的樓頂，怎麼有個東西拋上去。

我從三樓看過去，剛好是對面那家的二樓頂，我特別注意了一下，果真是有東西被拋上去。

我正好奇著，是誰這麼無聊，從樓下往樓上拋東西，又不是在練功夫。

反正我也無聊，就看看還有什麼東西被丟上去好了。

等了幾分鐘，沒有東西了。

但是，接著看到像一隻手的樣子，抓著那家頂樓的小圍牆。

我再往前一點看。

的確，透過鐵窗的視線，那真的是一隻手，而且馬上旁邊又多了一隻手。

會不會是有人忘了鑰匙，準備爬進房子裡吧？我心裡在想。

可是，他為何不從前面爬，要從後面上，前面還有遮雨棚，總是好爬一點。

正當我納悶時，一個念頭閃入。我下意識的倒退往衣服多的地方避

一下。

從晒掛著的衣服中間往外看去。之前看到的那一雙手已經探出個人頭來。看上去感覺比我大一點而已，他頭探出來後，還左右看了一下，然後以俐落的動作，一下就爬過了小圍欄。

我看他的動作實在可疑。根本就像個小偷。因為，應該不會有人上自家的頂樓，還東張西望的。

我本打算伸長脖子再往前探看。

但那人突然從這裡望過來。

我迅速蹲了下去。

等我偷偷再把頭探出後，我確定那個人真的是小偷！因為那人全身是黑，只有一頭頭髮是金色的。不是小偷是誰？在家裡應該沒有人會穿著如同夜行衣一樣的爬上頂樓吧？

我馬上下樓稟報阿嬤。

「不好了，不好了。」

我邊跑邊嚷，但也不敢喊太大聲，因為這裡離對面蠻近的，一大喊外面準會聽得到，所以我還得控制音量。

「幹嘛了？大呼小叫的？」

阿嬤還一派悠閒的坐在椅子上看電視。見我這樣慌張樣，她也不覺得異樣。

「樓上有小偷啦。」我手指著樓上說。

「小偷！」

一聽到小偷，阿嬤就像從彈簧跳起來一樣。馬上抓起我，就要往外跑。

「等……等一下。」我拉住阿嬤。

「快走啊！」阿嬤回頭問我，但手還是拉著我要往外。

「我們幹嘛要跑？」我覺得奇怪極了。

「當然要跑啊。小偷進來看只有我們二個人，我們一定很危險，當然要趕快跑出去啊！」

「我們可以先打電話報警啊！」我說。

「去外面再打。不然小偷進來看到我們，一定會變搶劫的，到時我們連出去的機會都沒有。」

「出去怎麼打電話呀？」

「我有帶手機啊。手機要隨身帶著，萬一有什麼事，很方便。」阿嬤還掏出她的手機給我看。

「可是小偷進的不是我們家啊！」

我趕緊把跑到門口的阿嬤拉回來。

「不是我們家是誰家？」阿嬤問我。

「對面左邊第三家有鐵門的那個。」我說。

「你有看到？」

我點頭。「對啊，剛才要去收衣服的時候看到的。」

「那小偷有沒有看到你？」

我搖頭。「沒有。我躲在衣服後面。」

「你有看到小偷進去嗎？」

「還沒有。不過我有看到一個人爬上頂樓。」我據實以告。

「那我們上去。」

阿嬤說著，手一指，要我跟她一起上去。我當然二話不說就跟她走。我留在這裡暫住的目的就是要保護他們。

我們輕輕的開了陽台的門，二人以蹲走的姿勢向陽台旁邊移動，找

大一點衣服而且密集一點的做遮蔽與觀察地。

此時對面樓頂已經沒看到人了。

不知道小偷是否進去了？

「去拿望遠鏡來。」阿嬤附耳對我說。

「望遠鏡？」我確定了一下。

只見阿嬤肯定的點頭。

我馬上進屋去拿望遠鏡來給阿嬤。

阿嬤把望遠鏡擺在陽台的平台上，湊著眼望著對面樓頂好一會。

「門窗被打破了。」阿嬤說。

「那一定進去了。」

「一定是。」阿嬤小聲的說。「蔡頭家他們都是下午出去做生意，那小偷一定有注意到他們。」

「那現在怎麼辦？」我問。

阿嬤沒有回答。

「報警嗎？」我又問。

我發覺我的手心開始冒汗，開始有點緊張。

阿嬤這下有點反應了，她轉過頭來看了我一下。

我覺得她想說好，但突然改了口說：「不要管。我們走。」

「不要管？」

我跟在她後面輕輕開了門進去。

「為什麼不要管？小偷耶！」我很急的問。

「管那麼多做什麼？別人還不是一樣不管我們。」

阿嬤這麼一說，我一下子也不知道該怎麼說了。

當時阿嬤被偷，大家確實是袖手旁觀，現在小偷又來了，阿嬤剛好

找到一個將心比心的理由不幫忙。

而我，好像也沒有立場說什麼。

我們兩人從三樓走到客廳，都沒有說話。

阿嬤照例看著電視，而我則坐在一旁，也不知能做什麼，只能拿起電動無聊的打發時間。

也不知過了多久，總覺得時間好長，尤其是時鐘滴滴答答的聲音很有規律的走著，更令人覺得時間過的好慢。

時間漫長，減緩了我打電動的興緻，連最有力的全壘打高手打出去的球都軟趴趴的。我這隊的野手在接球時，依我的判斷球該會往後飛一點，但實際上卻向前偏了幾步，害我沒接到。這電動像是壞了一樣，怎麼玩都不太順。

我偷瞄了一眼阿嬤。她的眼睛還是盯著電視，我只好去上廁所。

不過這尿好像也不太順，想尿又尿不太出來。就算坐在馬桶上想大個便，但總覺得大腦指令還沒有下來。最後，我放棄了這種煎熬。

我走出廁所，打算再問阿嬤一遍。

可是才出去，就發現阿嬤不見了。

我猜她是在三樓那裡。於是馬上上樓。

果然，阿嬤就站在最靠近陽台的房間朝外看著。

「阿嬤。」我輕輕的叫了她一聲。

「為什麼偏要讓我看到。」她講出這一句。好像說給我聽，又像說給自己聽一樣。

我也想過為什麼要看到，這一看，好像就跟自己脫不了關係了。害我心裡一直慌慌的。

「大慶，你覺得怎麼樣？」阿嬤問。

「啊？」我啊了一聲。說實在，我也不知道該怎麼回答？

「你覺得呢？」阿嬤又問了。

我覺得好為難。

雖然我也氣之前別人不幫我們報警，但另一方面我又覺得心裡好像怪怪的。

「我覺得老天有眼，讓其他人家也被偷一次，這樣才好讓他們知道那種感覺。」阿嬤雙手交叉在胸前，在窗戶邊站著碎碎唸。

「可是不管又覺得良心過不去。」阿嬤又說。

「對對對。」我馬上連回了三個對字。

「好吧！雖然幫了心裡不太舒服，但不幫心裡會更難過，那就去打電話吧。」

我知道阿嬤心裡一定很掙扎，要不是之前的事讓她太寒心了，不然以她的個性，她是會說到做到的。由她的表情看得出，她決定要幫忙，絕對是下了很大的決心。以前，像這種狀況她一定會跳出來幫忙，也不用像現在一樣左右為難。

「還不快去。」阿嬤催著。

我趕快拿起電話報案。只是，電話筒拿起後，我突然一陣緊張，腦中頓時空白。

「我……我……我……要……有小偷……」

我試著讓自己的手不要抖的這麼厲害，也盡力讓自己把話講明白，但電話一接通，那莫名的緊張情緒比看到小偷時來的更大。而且心跳一加快，就什麼都忘了。只記得小偷二個字。

「麻煩你說清楚一點……」

電話那頭的聲音問著。而我這裡卻支支唔唔的說不出話。好不容易

擠出：「我們這裡有小偷啦。」卻又把地址報成了阿嬤家的地址。害得我馬上又否認：「地址不對了，不對了。」

「請鎮定一點，到底是哪裡？」

我看對方一定也急了，沒想到會碰到像我這樣的報案者。

我看向阿嬤。

阿嬤馬上將電話接過去：「在我們對面，我們看到有小偷進去，地址是……」

終於搞定。

雖然只是個小小的報案動作，但沒有事到臨頭，很難感覺究竟有多難的。我之前也都認為報案很簡單，講個地址就好，卻從沒有想到真的要報案時，心裡的緊張竟超過一般人的想像。尤其是手腳，會不自主的顫抖，連說話的聲音都沒辦法有效的控制。

「去外面等警察。」阿嬤指揮我。

我得令後馬上衝下樓去，在門外站著。

這條巷子，真的很安靜，就像在睡午覺一樣，沒人醒來。我猜小偷已經知道這一帶的作息，專門找主人不在的房子下手。

我在門外的階梯上坐了下來，打過電話後，心情總算舒坦了許多。不過，我二眼完全盯著那對面房子看著，不敢離開。

等待的時間真的很難熬，雖然才不過過了短短的一分鐘，但總覺得警察來的好慢。

如果能有一種裝置，讓警察在數秒之內馬上到達出事現場，那或許能讓人安心一點，不然的話，受害者永遠都會嫌慢的。

最怕就差那麼一步，會讓小偷逃之夭夭。

我左拜託，右祈禱這樣的情況不要發生。可是我老覺得每次想什

麼，那實際情況總會跟我唱反調，就在我左顧右盼的警察大人還沒來之前，那家遭小偷的大門竟然開了！

不是沒人嗎？

我記得阿嬤說蔡頭他們家沒人在的。怎麼突然門開了。

就在我睜大眼睛注視之下，從門裡出來個人。

「啊……」

我喊了一聲，聲音還不小。準是嚇到出來的人了。

那人也愣了一下，像是嚇到了。他大概沒想到竟然會有人在盯著他出來。

「你……」我指著他。

他也楞看著我。

我們互看了好幾秒，突然！他拔腿就跑。

我根本來不及做任何反應，只能憑本能的大叫：「站住，不要跑——」，同時拔腿狂追。

我當下無法想到其他的事，我只想到為什麼警察還不快點來？絕不能讓那小偷跑了！

「站住，不要跑——」我大喊。

我愈是叫，那小偷跑的愈快。事後想，小偷會跑是天經地義的，他不跑我才覺得奇怪呢。

他跑的愈快，我的速度也拚命的加快。我的二條腿可不是紙糊的，小學時可是得過縣裡的百米亞軍。碰到這種情況，我當然卯起來追。

「你站住！」我邊跑邊喊。「抓小偷，抓小偷——」

我們從巷子跑到大馬路上，再追逐到公園，那個小偷還跑到收了攤的市場內，我們在市場內鑽來鑽去。

我想他八成是這裡的人，因為他都專挑暗街小巷，還很聰明，都不會跑到死巷裡，幸好我也不笨，這地方我從小就鑽的熟透了，任他怎麼鑽我都能死盯上他。只可惜每次都差一點，我始終追不上他，想來他也是跑步的箇中高手。

「小偷——快來人抓小偷——」那小偷也不停的跑。

我們跑到了大馬路，他還脫掉了鞋光著腳跑，這下速度就更快。我索性也把拖鞋丟掉，豁出去了，跟他一起跑。誰怕誰啊！

他故意找人群多的地方。我們已經快跑出社區了，正朝外圍的道路狂跑。

我看這事不妙，因為一跑到更寬大的主要道路，要追上他就更難了，我必需想辦法追上他，或者要是有個人伸出援手幫個忙。

於是我使勁大喊，手還直指著前方的他：「小偷——別跑，抓小偷

——」

可是，馬路上的車輛似乎沒有人願意幫我這個忙，大家一定以為我們在練習跑百米，任我喊破了喉嚨，都沒有一輛機車或轎車來協助，其實只要有人肯幫忙，絕對可以抓得到的。

我管不了那麼多了，就算沒有人來幫忙，我還是要抓到那小偷，雖然邊跑邊叫真的很費力氣，但我直覺，那小偷一定跟偷阿嬤家的是同一個人。一想到此，我咬著牙也要撐下去。

就在快到主要的連外道路前，突然有個影子從我旁邊倏地刷過，直直朝那小偷而去。

隨那影子刷過去的風中，還帶著一句：「快一點。」

聽那聲音頗熟的，好像在哪裡聽過。但我滿腦子都是眼前的小偷，也就沒去細想。

有了這一股力量的加入，我原本快消散的力氣，突然又像加滿了一樣，我把最後剩下的力給使上，快步的往前追。

我追那小偷也追前面的人，愈追愈覺得那人的背影好熟？瘦瘦小小，還背著我們學校的書包……

李進良！

喔，我的天！竟然是他！

眼看他即將要追上了，手也伸出去快抓住那人的手，但那小偷一轉彎又逃過了。

我知道那小偷要彎去哪裡，我改道往另一條小路追上去，那是一條田埂路，是我和小野發現的，很少人知道。

我光著腳，踩著爛泥，跑了一陣子。剛好就在那小偷跑來的路上將他攔截。

那小偷還笨笨的直往後看。沒錯，後頭的確有追兵，但他一定沒想到，原本後面是我這個追兵，現在早就換成李進良了！而我就剛好在這裡等他，來個甕中捉鱉！

「逃，還想逃？」我大口大口的喘著氣。

那小偷鐵定是嚇到了，在猛喘氣的當中還睜大著不可置信的眼神看我，他一定覺得很嘔，怎麼會有人這麼瘋狂的追他。

不過，他沒有猶豫太久，馬上就朝我衝過來，我本打算好好的欣賞他被嚇到的樣子，誰知他竟然朝我衝過來，我一時也呆住了，他竟然會以這種自殺似的攻擊手段來一拼，他衝來的力道又強，還帶著拐子手，我沒來得及閃身，就被撞得跌滾在地上。

「X@#！」我的髒話脫口而出。

竟然敢撞我！

氣死人了。

我馬上從滾勢中止住，並以最快的速度爬起來。雖然起來的很快，但那小偷跑的更快，趁著一空檔，他已經朝大馬路上奔去。

我眼見他就要溜走，心裡更是嘔到最高點。我離他大約有十幾步，除非能飛身截在他面前，否則他一定溜得掉。

「媽的！你給我站住——抓小偷——」

就在我大吼當中，身後一道身影直刷而去，就朝那小偷後腳跟狠狠一勾。我知道那人是李進良，他那一勾腿的動作還真是漂亮。

小偷立時趴翻向前，以撲疊的姿勢向前翻滾。

我見狀馬上衝上前去，我怕他會衝到車道上。就在同一時間，李進良已伸出手抓住那小偷的衣領將他拉回。

「小心！」

我看那小偷被拉回後，立即一回身出拳朝李進良打去。

還好李進良反應很快，一轉手就將小偷反手擒拿。

「你最好別亂動，再動你的手會被扭下來。」

李進良這麼一說，那小偷真的不敢再亂動。

其實，李進良出手把他拉回來，是不讓他撲到車道上去，而小偷竟然還敢偷襲李進良。這下被擒住了，我看他還是否有本事能飛上天。

我抹去臉上的汗。還不斷的喘息，這天氣這樣跑，真的好喘哪！

「你沒事吧？」李進良問。

我楞了一下沒有回答。

「怎樣，摔到腦袋變笨了嗎？」他又說。

「你的腦袋才笨呢。」我這才反駁。

「沒有就好。免得我又要多管一個人。」

「ㄏㄡˇ」，他這麼說，我可氣了。好像我是累贅一樣。

「你說話客氣一點。」我說。

「需要客氣嗎？」他看了我一眼。然後說：「交給你了！」

「交給我？」

「不然要交給誰？」

「喂，你幹嘛！我只是再確認而已。」我超不爽的。很少人會用這種口氣跟我說話的。

李進良把小偷送到我手上後，轉頭就走。

「喂，你這樣就走？」我叫住他。

「不然要怎樣？」

他連身體都沒轉過來就背對著我回我的話。

「你……你……你……講這樣？」

「放心，警察就在你後面了。」

後方果然有警笛聲嗡嗡響著。

他說完就將手插在褲子的口袋裡，瀟灑的走了。現場只留下狼狽的我和小偷。

我還聽到他邊走邊說：「顧好你的小偷，不然，再沒有第二個小偷讓你這麼容易抓到！」

我望著他離去的背影。

忽然想起了一件事。

我顯然……冤枉了他！

9. 一個朋友

「各位同學，我們一起為張源慶同學鼓掌。他英勇的行為足以成為我們的表率。我們再次熱烈的為他鼓掌。」

「不過，各位同學，張同學的英勇行為固然值得嘉許，但是，我還是要在這裡重申，見義勇為是好事，但還是要評估自己的能力，如果你們長的像張同學這麼壯，那我就不反對了。不然到時救人不成，反要被人救，這樣就不好了……」

我尷尬的站在台上笑著。

朝會的早上，我成了全校矚目的焦點。

這一站，就是半個小時，從分局長說完，再到校長，然後最後是主任，我只有在旁陪著傻笑。

一場追逐小偷的事蹟，從社區傳到了學校。

我還被安排上台去接受分局長的表揚。

看到校長笑的闔不攏嘴，主任也拿著麥克風猛誇我，頓時讓我有種當英雄的感覺。

那種當著所有人面前接受掌聲的感覺，真是筆墨難以形容，有好幾次我都想舉起我的雙手，像候選人一樣，接受台下觀眾的掌聲。

不過，想歸想。要敢真舉起手還真需要有點勇氣，我怕手一舉起，齊飛垃圾就會取代掌聲。

還是別太得意忘形才好。畢竟這也不是只有我才能辦得到的，這司令台上還少一個人，這點我是不會忘的。

我搜尋著台下後面幾班的隊伍，李進良就站在底下。

我看到他也如同其他同學一樣，仰著頭注視著我。但臉面上沒有任何的表情。

我不知道此時此刻的他做何感想？是否想過站在這台上的人或許應該是他而不是我？還是打從心裡瞧不起我，認為只會懷疑別人的我根本不配站在台上？

小偷在送進警局後，還承認了幾件做過的案子，這當中包括了阿嬤的家，也就是說，我誣賴了別人是小偷，還把人家當成賊一樣在跟蹤。

我很後悔自己做了這麼糟的行為。

這事除了小野知道之外，我就只有告訴阿嬤。

小野不敢說我有錯，只有抱怨我害他被蚊子叮了好幾個包，又沒睡

好覺。倒是阿嬤，著實教訓了我一頓，她說，若是她被人家這樣冤枉，事後又證明不是她，那她會拿菜刀殺到人家那裡討公道。

雖然我知道阿嬤是不會這麼做的，因為她總是嘴巴說說，但實際上根本不會行動。那抓小偷的事就是最好的證明，她百分之百狠不下心袖手不管。

而李進良這事，我看起來是很風光，但風光的背後，是踩著別人的人格在踐踏。

我的確是欠他一個道歉。只是我和他根本沒機會說上話。

那天回到家裡，家裡來了客人，這次是里長帶著紅包來感謝我。

當然，這里長已經不是當初那個里長了，這個里長是阿嬤家遭小偷時，第一個抵達現場幫忙的人。由於他的熱心與誠懇，他現在已是我們選出的新里長了。當初那個放話的里長，經過前陣子選舉的洗禮，已被

判出局，他和現在這個里長票數剛好差了一百票。他們自己也說了，這次之所以沒有當選，全是因為小偷事件被人誤會。

看來小偷事件對他們還真傷。只不過，若把落選的責任歸到小偷事件身上，好像不太對。

老爸就說的好：「會敗選一定有很多原因，不單只是有某一個事件。若候選人一直做的受人肯定，那任何事件對他來說都不會影響，所以，要懂得失敗的真正因素才是真正會改過的人，把責任推到別人身上，永遠不會成功。」

只是，這麼簡單的道理，我不知道前任的里長是不是懂。

「怎麼樣？很風光喔！」阿嬤在應付一堆人後，笑著跟我說。

「哪有，好煩哪！」我跟她說實話。

「我不知道你會追出去，不然我會叫你不要去。」阿嬤說。

「我也不知道我會追出去，二隻腳一看到小偷跑，就跟著追了。」

我也感到不可思議。

「還好只是擦傷，要不然我怎麼向你媽交待。」阿嬤說。

我只好傻笑。

「喔，對了！」我想起了一件事。「阿嬤，以後妳是不是又會幫大家了？」

「看看。」阿嬤回答的很快。

「還要看看喔？」我問。

「當然，別人這樣對我們，跟我們這樣好心對人家，差太多了。」

阿嬤搖頭揮手：「所以再看看。」

說的也是，一旦富有正義感的心受傷了，要再恢復起來是需要很長

的時間。

「好了，別再想那個了。要不要跟我出去散散步？」

傍晚吃過飯後阿嬤都會去散步，今天拖了很晚才要去。

「不要叫我去。」我搖搖頭。

現在出去正是人多的時候，我的臉白天已經笑僵了，現在可不想再去傻笑。何況有些老人家，還喜歡摸摸我的頭或者捏捏我的臉。我都十幾歲的人了，我最不喜歡人家這樣做了，很丟臉。可是我又不能轉頭就走。阿嬤說這是禮貌，對老人家絕不可以發脾氣。

所以，我寧可躲在家裡，哪裡也不去，這樣至少清靜一點。

我拿起武俠小說來練功，反正現在家裡也沒人，正好可以偷個閒。

怎料書才翻了幾頁，去散步的阿嬤又折返回來。

「快，大慶，到公園。」

阿嬤回來就是專程來叫我去公園？我奇怪的看著她。

「我不要啦！」我說。

「你要找的人在公園，你去不去？」阿嬤說。

「誰？」

「你說的那個李進良是嗎？我有看到他一個人在籃球場打球。」

一聽到是李進良，我馬上放下小說飛奔出去。

從抓到小偷到現在，我都想找機會跟他說說話，但一直找不到他的人，雖然有時候在路上碰到，他總當做沒看到我，我也不好意思開口，就這樣錯過幾次機會。

我跑到籃球場，籃球場內只有他一個人在投籃。

我走了過去。

看到他在投籃時看了我一下，然後在投了一球後，就把球抱在腋下往旁邊走出去。

「喂！」我跑向前去。

可是他卻沒有停下腳步。

我再叫了一聲：「喂，李進良！」

他停下腳步，轉頭過來看我。

「幹什麼？」他問。

他這樣問，我反而不知道要怎麼回答，只好勉強的擠出一句：「我們談談好嗎？」

他仍盯著我看。

其實他的眼光從一開始就直盯著我。他那一雙眼，在球場的燈光下顯得又黑又亮。

我有點不知所措的感覺。

我在這麼問之前，都沒考慮到他如果回我一句：「不用。」那我該怎麼辦？

我張著小眼等待他的回答。

在這等待當中，空氣中彷彿塗上了膠，顯得濃稠的令人難以呼吸。我好幾次想，就這麼算了，免得碰釘子。基本上我也是不輕易求人的，要不是自己理虧在先，我應該不會這麼呆的站在這裡……

「可以。」

終於，他開了口。

這時間好像過了一世紀。

不過，得到的答案是好的，這讓我保留了點顏面。

我在等待當中，其實想過很多問題。如果他不答應，我應該會很受

傷吧？或者是惱羞成怒，我會衝上去硬抓著他跟我談？

不過我好像打不過他？

「你不是要談嗎？去哪裡談？」他問。

「那裡！」我指向籃球場旁的小山丘。

他二話不說就帶著球爬了上去。

我也趕緊跟上。

上了小丘，李進良就直接坐下，我也跟著找一塊空處坐下。

小丘上少有人上來，大部份的人都在公園裡散步。

從這裡往下延伸看去，可以看到不遠處的鬧區燈火。不過今晚不是來欣賞風景的。

相對於公園內的人潮沸騰，我們之間顯得相當沉默。

「不是要找我談嗎？」

在寧靜的快要讓人受不了之際，總算李進良出了聲音。

而我則被動的回答：「是。」

「要談什麼？」他又問了。

我本來想好很多要跟他說的，但一時間又全忘了。只得先撿最簡單的二個字說：「謝謝。」

他先是愣了一下，但馬上又恢復炯炯有神的雙眼。酷酷的說：「謝什麼？」

「謝謝你幫我抓小偷。」這句我總算說的比較順口了。

「小偷是你抓的，跟我沒有關係。」

他說話仍是一派的冷。好像所有事都跟他沒關係一樣。但明明他就有幫我抓呀。

「可是……要不是你幫忙，我可能抓不到。」我說。

「我只是順路。」他的話很簡短有力。簡短到讓我很難接話。

「那……」雖然接下來的話很難啟齒，但，阿嬤說過，若是男子漢就非說不可。

「對不起……之前的事。」我的腦袋逼著我的嘴巴硬是把該說的話吐出來。

我很有勇氣的說了，但是他沒有說任何話。他仍是面對著前方的燈火看著。

「我那樣做很不應該，沒有事先求證就……」

「為什麼懷疑我？」

我還沒說完他就打斷我的話。我只好接著他的話回答：「因為我阿嬤家被偷的前二天，你和你爸剛好來修過水塔。」

「就這樣？」

「嗯……就這樣。」我回答的很心虛。

「哼！蠢！」

蠢？竟敢說我蠢！

要不是我理虧在先，我一定……

我在他背後做了個給他一拳的手勢，本以為他不會轉過來，但他後背像是長了眼睛一樣，在我舉手之際，頭也倏地轉過來。

他發亮的雙眼看著我。

我的手舉到一半，放也不是，不放也不是。

「連反應都比別人慢！」他搖頭。

我氣！這什麼態度嘛！

我是來找他談談的，但他一副很屌的樣子，我真想一拳就給他揍下去。

可是，風度！阿嬤要我有認錯的勇氣，還要有風度。

我深吸了口氣。

「好，我承認，我反應慢嘛。」我說：「可是你也不要這樣，我只不過是懷疑錯人了，我又沒有惡意。」

「哼！」

他又哼了一聲。

「喂，你別又哼好不好，我又哪裡說錯了？」

「一句沒有惡意，就推掉所有的責任，好人還真好當。」

我想了一下。知道他其實還省了一句，就是「壞人都他來做」。

「好吧，我認了，我說錯了。」我的觀念不對，這點我承認。

他又哼了一聲。拿著球在二手間丟來丟去。

我實在氣他那副模樣。「喂，我是真的很誠心誠意來跟你道歉的，

你別那麼跩好不好。」

「道歉？免了吧。你那樣子不像是道歉，倒像是來說明的。」

「我？來說明？喂，你……」

我正想開口相罵，他突然就一顆球往我這送來。我趕緊把球接好，不然球掉下菜園就難找了。

「要道歉是嗎？」他目光一射，向我挑問。「跟我來一場鬥牛，贏了就算你的道歉有誠意。」

找我鬥牛！看他下巴微翹，雙眼如星，充滿了挑戰的味道。我當然也不甘示弱。

「Who 怕 Who？」我的戰鬥意志此刻已熊熊燃起。

「不怕就來！」

他跳下小丘。

我也帶球跳下。

二人在球場上快速的移動攻防。

「喂，你為什麼會跑得比我快？」我提出我的疑問。

「廢話，當年你就輸我，現在更不可能跑得過我。」他說。

「你不會就是那個第一名吧！」我驚訝。

這一驚，球也被抄走了。

他快速敏捷，我也不遑多讓。

「喂，聽說你以前有扁過數學老師？」我又很好奇的問。

「我沒有。」

「你沒有？」我閃過他的抄球。「但為什麼……」

「我只是差點扁下去而已。」他回答。

「為什麼沒扁下去？」我跳起來灌籃。

10

「你管太多了。」

他一把跳得老高，給我一個蓋火鍋。

二人在籃球場誰也不讓誰，我發現他雖然矮了一點，但速度與彈性是極佳的。

「乁，那我怎麼都打不過你。」這是有關我面子的事，想了好久才說出來。

「廢話，我有學柔道。」

「原來，有功夫和沒功夫就有差。」我要抄他的球。但他馬上閃過。

我們一來一往。愈打愈激烈。

直到彼此都累的倒下。

「呼——」我大大的喘口氣，汗流夾背。

我們並排的躺在地上，二個都很有默契的沒有說任何話。

當然，那勝負也就不重要了。

今晚，星星很亮。

整個人的感覺也很舒暢。

仰躺看著像勺子一樣的北斗七星，我相信明天之後，我又多了一個朋友！

一個奇怪的朋友！

李慧娟，桃園人，現任職於律師事務所。雖然所學為企管，從事於法律事務，但對於創作的熱情始終不減，期待有朝一日，能創作出膾炙人口的兒童文學作品。

繪者簡介

李月玲，復興美工畢業，高中時參加全國環境保護漫畫比賽獲高中組第二名。曾在《兒童日報》發表彩色連環漫畫「記得當時年紀小」，曾擔任宏廣卡通公司原畫師，現為專職插畫家。

九歌少兒書房 158

走了一個小偷之後

作者	李慧娟
繪圖	李月玲
責任編輯	薛至宜
美術編輯	廖建興
發行人	蔡文甫
出版發行	九歌出版社有限公司 臺北市105八德路3段12巷57弄40號 電話／02-25776564・傳真／02-25789205 郵政劃撥／0112295-1
九歌文學網	www.chiuko.com.tw
印刷	晨捷印製股份有限公司
法律顧問	龍躍天律師・蕭雄淋律師・董安丹律師
初版	2006（民國95）年12月
初版3印	2012（民國101）年12月
定價	**220元**

書號	0170153
ISBN-13	978-957-444-360-4
ISBN-10	957-444-360-4

國家圖書館出版品預行編目資料

走了一個小偷之後／李慧娟著；李月玲繪.
--初版. --臺北市：九歌， 民95
面； 公分. —（九歌少兒書房；158）
ISBN 978-957-444-360-4（平裝）

859.6 95019313

九歌少兒書房